ANDRE MAIROCK · MOORSOMMER

ANDRE MAIROCK

# MOORSOMMER

ROMAN

rosenheimer

3. Auflage 1997


Titelfoto: Michael Wolf, München
Druck und Bindung: Wiener Verlag, Himberg
Printed in Austria

ISBN 3-475-52915-7

# 1

Es war gerade ein Gewitter niedergegangen. Feucht und frisch schimmerte die Erde im Schein der hervorbrechenden Sonne, als Josefa Joas den Bahnhof Vierlinden verließ und mit bekümmertem Gesicht angstvoll in die fremde Landschaft schaute. Sie war gerade aus dem Zug gestiegen, der nun drüben bereits den Waldgürtel erreichte, aber noch immer zu hören war.

Kaum ein Dutzend Schritte vom Bahnhof entfernt, stellte sie ihren Handkoffer ab und horchte auf das verhallende Rattern des davonfahrenden Zuges; es kam ihr so vor, als wäre mit seinem Entschwinden jede Verbindung zu ihrem bisherigen Leben abgerissen. Der Platz, auf dem sie nun stand, das fremde Dorf, die grünen Hügel, das zerrissene Gewölk am Himmel — alles, was sie mit ihren Augen um und vor sich wahrnahm, bedeutete für sie eine ganz neue Welt. Obwohl ihre Kleidung betont einfach war, verriet der Schnitt doch ihre städtische Herkunft. Auch in ihrer Haltung war etwas zu spüren, das sich mit ihrer augenblicklichen Umgebung nicht recht in Einklang bringen ließ. In ihrem klar gezeichneten Gesicht sah man Spuren von Leid und Traurigkeit. Es war zu erraten, daß sie durch ein unheilvolles Schicksal in diese verlassene, weite Moorlandschaft verschlagen worden war.

Nur einen einzigen Mann sah sie vor sich auf der Landstraße, der mit weitausholenden Schritten dem Dorf zustrebte. Er war der einzige Mensch, der außer ihr aus dem Zug gestiegen war, und in ortskundiger Unbekümmertheit war er sogleich davongegangen.

Sie durfte nicht länger säumen, wenn sie noch vor Einbruch der Nacht ihr Ziel erreichen wollte. Deshalb folgte sie nun dem Mann in weitem Abstand zum Dorf hinauf, und sie sah gerade noch, wie er ins Wirtshaus ging, das breit und gedrungen am Beginn des Dorfes stand.

Nun sah sie sich auf einmal ganz allein auf ihrem Weg. Sie kam in das Dorf. Es war sehr groß und umfaßte schöne Häuser und stattliche Gehöfte. Eine mächtige, düstere Kirche mit einem hohen Satte1turm ragte weithin sichtbar über die Dächer empor.

Sie wunderte sich, daß sie gar keine Menschen auf der Straße sah. Wahrscheinlich waren sie bei dem Gewitter in ihre Häuser geflüchtet.

Endlich begegnete sie dann doch einer älteren Frau, die auf einem Handkarren ein großes Milchschaff vor sich her zur Molkerei schob.

„Komme ich auf dieser Straße ins Grünland?" fragte sie die Bäuerin.

Die Frau hielt an und betrachtete das Mädchen einen Augenblick neugierig. Es war wohl mehr die ungewohnte Sprache als der Inhalt der Frage, was sie überrascht hatte.

„Ins Grünland?" wiederholte sie. Dann deutete sie aus dem Dorf hinaus. „Der Weg geht über das Moor und ist markiert."

„Ist es sehr weit?"

„Bis zum Graben eine Stunde, wenn du gut gehst. Das ist dann grad die Hälfte."

Josefa dankte ihr, nahm den Koffer wieder auf und ging davon, ohne sich um den Blick zu kümmern, mit dem die Frau ihr nachschaute.

Zwei Stunden mußte sie also noch gehen, und sie mußte sich beeilen, wenn sie ihr Ziel noch vor Einbruch der Dunkelheit erreichen wollte.

Als sie das Dorf hinter sich hatte, blieb die Straße noch eine Weile so breit und fest, wie sie zuerst war; dann aber verlor sie sich in einen schmalen, schlechten Weg, der an Tümpeln vorbei und auf weichem, federndem Filz über das Moor führte, das sich vor ihr endlos dehnte. Schwarze, verwitterte Torfhütten standen zwischen den tief in das Erdreich eingeschnittenen Gruben, in denen trübes, braunes Wasser brütete. Die Luft wurde schwül. Der Schweiß stand Josefa im Gesicht, denn mit unbarmherziger Glut schien die Sonne auf sie nieder. Bis auf wenige Birken und Weiden gab es hier keinen Baum, der seinen Schatten über den Weg geworfen hätte. Es war ein trostloses Wandern.

Sie spürte die Müdigkeit in allen Gliedern. Eingeschlossen von wucherndem Gestrüpp und lauernden Sümpfen, setzte sie sich schließlich erschöpft auf die Erde und spähte nach Merkmalen einer menschlichen Heimstatt aus. Aber sie sah nichts dergleichen und hörte auch nichts, was auf die Nähe von Menschen hingedeutet hätte. Das entmutigte sie so sehr, daß sie nicht mehr die Kraft fand, sich aufzuraffen und weiterzugehen. Sie hatte bisweilen vom Moor gehört und auch schon darüber gelesen, aber die Vorstellung, die sie daraus gewonnen hatte, war ganz falsch gewesen. Es war viel heimtückischer, grausamer, ermüdender.

Sie dachte über die trostlose Situation ihres Lebens nach, die sie schließlich auf diesen verzweifelten Weg getrieben hatte — als den letzten, den sie überhaupt noch vor sich sah. Was hatte sie denn verbrochen, daß sie so tiefes Leid erleben mußte? Warum hatte sie nicht den Mut gefunden zu einem Geständnis? Warum hatte sie nicht die brüderliche Hilfe gesucht, die ihr doch bestimmt gewährt worden wäre, wenn es auch anfänglich ein Zerwürfnis gegeben hätte?

Eingekreist von der lauernden Stille des Moores, in der nur das Singen der Mücken zu hören war, und bedrückt von der Atmosphäre des schwülen sommerlichen Abends, dachte sie an die heimatliche Stadt mit ihren Toren und

Wehrgängen, Brunnen und Türmen. Sie sah im Geiste das Haus an dem alten Marktplatz vor sich, in dem sie zusammen mit ihrem Bruder gewohnt hatte. Sie dachte an die Abende daheim, wenn sie zusammen im kühlen Erkerzimmer gesessen und nach der täglichen Berufsarbeit gemeinsam Stunden der Erholung verbracht hatten.

Ihr Bruder, der schon in jungen Jahren zum Leiter der Schule für Forstwirtschaft und Gartenbau berufen wurde — ein Mann von untadeliger Gesinnung und Haltung —, war ihr, der um viele Jahre jüngeren Schwester, Vorbild und Berater gewesen, und nach dem frühen Tod der Eltern hatte er an ihr Vaterstelle vertreten. Er hatte sich stets bei allen Entscheidungen ihres Lebens um sie gekümmert — auch dann noch, als er sich mit der vielbegehrten Tochter seines Amtsvorgängers verlobt hatte. Immer hatte sie auf seine Meinung gehört, hatte ihm freimütig und vertrauensvoll ihr Herz geöffnet und ihn teilhaben lassen an allen ihren Sorgen, aber auch am Glück ihres frohen Gemüts.

Und jetzt war sie vor ihm geflohen. Zum erstenmal hatte sie vor ihm ihr Herz verschlossen. Sie war geflüchtet aus dem Elternhaus, geflohen aus der vertrauten Heimatstadt, weil sie diesmal nicht den Mut hatte, ihr Unglück einzugestehen, das mit schicksalhafter Tragik über sie hereingebrochen war — mitten in den Mai ihrer ersten Liebe. Sie war geflohen, weil sie keine Schande über den Namen ihrer Eltern und ihres Bruders bringen wollte. Sie hatte auf einmal Angst gehabt vor ihrem Bruder — Angst vor seiner Enttäuschung und Traurigkeit, vor seiner Rechtschaffenheit und Güte.

Jetzt hatte er ihren Brief, den sie vor ihrer Flucht an ihn geschrieben und auf den Tisch in seinem Arbeitszimmer gelegt hatte, wohl schon gelesen. Darin dankte sie ihm für alle Liebe, ohne aber die Gründe für ihre ungewöhnliche Flucht zu verraten; sie bat ihn herzlich, nicht nach ihr zu suchen, weil sie den einzigen Weg, der ihr bliebe, ganz allein gehen wollte, um im Andenken an die Eltern selbst in größter Verzagtheit auszuharren, bis wieder einmal die Sonne in ihr Leben scheinen würde. Den Bekannten ihres Hauses sollte er ihren plötzlichen Abschied von der Stadt durch glaubhafte Gründe begreiflich machen.

So hatte sie geschrieben. Und jetzt saß sie erschöpft und von der Erkenntnis tiefer Verlassenheit überwältigt mitten im schweigenden Moor und kämpfte um den Mut zum Weiterschreiten auf dem unbekannten, unsicheren Weg in die Zukunft.

Ein leises Rascheln im niedrigen Gestrüpp ganz in ihrer Nähe schreckte sie auf. Sie sah, wie sich am Boden etwas Dunkles wie ein großer Wurm bewegte — eine Kreuzotter.

Sie sprang heftig auf und sah das Reptil in die Dichte des Gestrüpps entfliehen. Furcht ergriff sie jetzt, und sie erschrak sogar, als ein Storch mit mächtigen Flügelschlägen über sie hinwegflog — dem Dorfe zu, wo er auf dem Sattelturm der Kirche sein luftiges Nest hatte.

Es ist furchtbar, dachte sie, wenn man so unerfahren und mutlos einer fremden Welt gegenübersteht.

Müde ging sie weiter. Der Handkoffer kam ihr auf einmal unerträglich schwer vor. Sie wechselte ihn mehrfach von Hand zu Hand — und schließlich blieb sie wieder stehen, um zu rasten.

Hinter dem Moor ragte jetzt eine graue Dunstwand empor, an der unsichtbare Hände zu weben schienen, bis sie immer dichter und dunkler wurde. Als die Strahlen der sinkenden Sonne darauffielen, schien sie sich in eine mächtige, glutrote Feuersbrunst zu verwandeln, die sich über den ganzen Himmel ausbreitete. Josi erschauerte beim Anblick dieses Naturspiels. Staunend stand sie da und schaute in das dunkle Geäst der Erlen, das in den rosafarbenen Abglanz des Himmels eintauchte. Sie erschrak, als der

Lockschrei eines Vogels aus der tiefen Stille hervorbrach. Und dann hörte sie plötzlich einen schweren Schritt. Sie fuhr aus ihren Gedanken auf, schaute sich entsetzt um und sah dicht hinter sich einen Mann in leicht gebeugter Haltung den Weg entlangkommen.

Dem Aussehen nach mochte er ein Moorbauer sein, der seine Heimstatt im sogenannten „Graben" hatte und auf dem Heimweg war. Er trug feiertägliche Kleidung und kam wohl von irgendeiner dörflichen Einkehr, oder er war in geschäftlichen Dingen in der Landstadt gewesen.

Als er herankam, erkannte sie ihn. Es war derselbe Mann, der mit ihr aus dem Zug gestiegen war; die Düsterkeit in seinem wetterharten Gesicht erinnerte sie sofort wieder daran.

Sie mußte allen Mut zusammennehmen, um ihn anzusprechen. Aber es war die einzige Möglichkeit für sie, menschlichen Zuspruch zu erhalten.

„Ist es noch sehr weit ins Grünland?" fragte sie den düsteren Mann.

Er hielt an.

„Du meinst wohl den Graben", sagte er, ohne sie anzusehen. „Bis zum Wirt ist es eine kleine halbe Stunde."

Sie wagte nicht zu widersprechen.

„Danke!" sagte sie tonlos.

Ohne Gruß und ohne sich weiter um sie zu kümmern, nahm der Mann seinen Weg wieder auf und ging mit weit ausholenden Schritten weiter.

Da wurde sie von einer verzweifelten Angst gepackt. Wenn der Schritt dieses Mannes auf dem hohlen Moorboden verklungen war, dann würde sie wieder allein sein unter dem einsamen Himmel, umgeben vom düsteren Schweigen des Moores und gepeinigt von der Furcht, daß ihre Kräfte versagen könnten. ‚Nein, ich will ins Grünland! Erwartet werde ich freilich dort nicht; trotzdem aber will ich dorthin! Ich weiß sonst keinen Ausweg!'

wollte sie ihm nachschreien. Aber sie brachte keinen Laut hervor.

„Bleibt der Weg weiter so schlecht?“ rief sie statt dessen.

Er mußte die Verzweiflung in ihrer Stimme herausgehört haben, denn er wandte sich tatsächlich noch einmal nach ihr um, und seine Antwort klang spürbar freundlicher:

„Nach dem Filz kommst du an den Bach. Dort geht die Straße. Sie ist schon besser zu gehen als dieser Weg hier.“

Dann ging er weiter und tauchte im Wildgestrüpp unter. Eine kleine Weile hörte sie noch seinen Schritt — dann war es wieder so still um sie wie zuvor.

Die Begegnung hatte sie noch mehr entmutigt. Sie hatte doch ein klein wenig gehofft, daß der Mann sie mitnähme — daß er sich vielleicht erbieten würde, ihren Koffer ein Stück zu tragen, wie es in der Stadt üblich war. Was mochten das für seltsame Menschen sein, unter denen sie fortan zu leben gedachte? Konnte sie sich an solche Lebensformen überhaupt gewöhnen? Aber sie hatte ja keine Wahl; es gab kein Zurück für sie.

Langsam ging sie weiter. Sie hörte das Platschen in den Sümpfen, wenn bei ihrer Annäherung die Frösche hineinsprangen — und das langgezogene Quaken, in das immer mehr Stimmen einfielen, bis ein unaufhörlich anschwellender Chor daraus wurde.

Endlich war die Sonne hinter den Dunst gesunken und schaute nur noch wie durch einen Schleier auf die Erde. In mißtönenden Schreien lockten die Birkhähne ihre weiblichen Gefährten.

Immer in ängstlicher Vorsicht folgte Josefa dem schlechten Weg durch das Wildland, und sie atmete erleichtert auf, als sie endlich das leise Plätschern eines Wassers hörte. Es war der Bach, der sich zwischen den Stauden des

Gestrüpps hindurchschlängelte. An seiner Seite fand sie tatsächlich eine schmale, steinige Straße.

Auch der Dunst war plötzlich verflogen. In der Ferne ragte die Kette der Alpen auf. Dieser Anblick tat ihrem Herzen wohl. Sie sah auf einmal wieder eine größere Welt vor sich; die Enge und Einkreisung durch das lauernde Moor war gesprengt, wenn auch schon nach wenigen Minuten ein neues Dunstgebilde aus dem feuchten Erdreich aufstieg und alles da draußen verdeckte — den Himmel und alle Fernen der Landschaft.

Immer mehr schwand das Tageslicht. Sie schritt nun energischer aus; den schweren Koffer nahm sie oft von einer Hand in die andere.

Von den Häusern am „Graben" war noch nichts zu sehen; sie hatte also immer noch ein weites Stück Weg zu gehen.

Da sah sie plötzlich vor sich eine Gestalt auf der Böschung des Baches auftauchen; der Mann verharrte eine Weile dort oben und zog eine Angelschnur ein.

Es war offenbar ein Angler, der hier gesessen hatte und nun Feierabend machte. Als er sie sah, blieb er ruhig stehen und wartete auf sie. Es war schon so dunkel, daß sie seine Gesichtszüge nicht unterscheiden konnte; sie sah nur die dunkelgebräunte Haut unter einem verwitterten Hut. Der Haltung nach war der Mann noch nicht alt, und seine sportliche Kleidung saß gut.

„Wohin noch so spät?" rief er ihr zu.

„Ins Grünland. Ist es noch weit?"

Er klappte seine Angelrute zusammen und sprang über die Böschung herab.

„Ins Grünland wollen Sie?" fragte er ungläubig. „Sie meinen wohl den Graben?"

„Nein — ich muß ins Grünland."

Seine Art gefiel ihr weit besser als vorhin das Verhalten des düsteren Moorbauern. Sein sonnengebräuntes Gesicht mit den freundlichen Zügen strahlte Frische und Gesundheit aus.

„Werden Sie dort erwartet?“ fragte er immer noch zweifelnd.

„Nein, aber trotzdem muß ich dorthin.“

„Aber es ist ja niemand dort als der Gärtner Frohlander mit seinen Rosen und Baumschulen. Sollten Sie aber den Riedhof meinen — der gehört schon nicht mehr zum Grünland. Er steht in einer anderen Gemarkung.“

„Es stimmt schon; ich möchte zum Frohlander.“

Jetzt mußte er ihr wohl glauben. Er betrachtete forschend ihre schlanke Gestalt und wunderte sich offenbar über ihre Sprache, ihre Kleidung und Haltung. Sie paßte nicht in diese Umgebung.

„Ich weiß nicht, wie rasch Sie gehen können, aber eine Stunde werden Sie schon noch brauchen. Wenn Sie sich ein wenig gedulden, werde ich Sie ein Stück begleiten. Es wird bald Nacht sein, und dann wird es unheimlich im Moor.“

Sie nahm sein Anerbieten dankbar an und folgte ihm durch das Gestrüpp zu einer kleinen Hütte.

Hier legte er sein Angelzeug ab, zündete eine Laterne an, die am Gebälk hing, lud sie ein, auf einer rohgezimmerten Bank Platz zu nehmen.

„Sie sind bestimmt müde. Ruhen Sie sich einen Augenblick aus.“

Sie setzte sich. Es war merkwürdig: dieser Mann hatte beim ersten Wort ihr Vertrauen gewonnen. Seine freimütige, heitere Art gefiel ihr.

Er entnahm einem Kasten eine Flasche und zwei Gläser, goß beide voll und reichte ihr eins davon.

„Bitte, trinken Sie das!“ sagte er. „Es wird Sie ein wenig aufmuntern.“

Sie nahm das Getränk. Es war ein milder Schnaps.

Er trank ihr ermunternd zu.

„Es ist alles nicht halb so schlimm im Leben, wenn man die Dinge von der rechten Seite her anfaßt", sagte er. „Es gibt Menschen, die sich vor unserem Moor fürchten. Dabei kennen sie es gar nicht. Mir gefällt es hier, und ich möchte nirgends anders sein."

„Es ist schon möglich. Jedenfalls scheint Ihnen das Fischen großen Spaß zu machen, wenn Sie bis in den späten Abend hinein am Bach sitzen, und dabei müssen Sie doch wohl noch in das Dorf zurück, nicht wahr?"

„Nein, ich lebe im Moor."

„Aber Sie haben doch nicht Ihre Arbeit hier?"

„Doch. Wundert Sie das? Dann raten Sie einmal, was ich bin!"

„Maler?"

„O nein!"

„Schriftsteller?"

„Nein, viel weniger!" scherzte er.

„Ich weiß ja nicht, wie viele Menschen hier leben, sonst hätt ich noch auf den Arzt geraten."

„Weit gefehlt! Ich bin nur der Lehrer vom Graben."

„Ach! Daran hab ich nicht gedacht."

Er merkte wohl nicht, daß sein Bekenntnis einen ganz bestimmten Eindruck auf sie machte — oder er deutete den Tonfall ihrer Stimme falsch, denn sein Blick tastete jetzt forschend über ihr Gesicht.

„Die Leute im Moor haben also eine eigene Schule?" fragte sie.

„Sie haben nur eine Schulstube — damit Sie sich keinen falschen Begriff machen. Man könnte diese Schule eine Baracke nennen, in der alle Kinder versammelt sind — angefangen von den kleinen, denen man erst den Schnuller abgewöhnen muß, bis zu den ganz großen, deren Gesichter schon den Anflug eines Bartes zeigen."

„An solche Verhältnisse muß man wohl gewöhnt sein!"

„Es ist nicht so schlimm! Ich komme auch aus der Stadt,

und ich hatte Studienfreunde, die heute Direktoren sind. Ich möchte mit keinem von ihnen tauschen. Was ich hier tue, geht alles wunderbar auf. Dazu kommt noch meine Liebe zur Natur — zum Moor mit seinen Farben und seinem Schweigen. Man lebt hier so friedlich und genügsam. Die Gewässer, in denen ich fische, gehören dem Schloßherrn von Kronberg; er gab mir die Erlaubnis. Dafür spiele ich jeden Monat einmal die Orgel in seiner Hauskapelle. Kennen Sie Schloß Kronberg?"

„Nein."

„Sind Sie denn ganz fremd hier?"

„Ja."

Er schwieg eine Weile nachdenklich, löschte dann das Licht, griff nach ihrem Koffer und drückte die Tür der Hütte zu, als sie hinaustraten.

Dann gingen sie die steinige Straße weiter — hinein in das stille, nächtliche Land. Er ging rücksichtsvoll langsam. Sie fühlte sich in seiner Begleitung sehr erleichtert.

Erst nach geraumer Weile brach er das Schweigen.

„Ich kann mir nicht denken, was Sie zu den Leuten ins Grünland führt."

„Kann es nicht die Arbeit sein?"

„Nein!"

„Warum nicht?"

„Es gibt dort nur den Frohlander."

„Nun — vielleicht braucht er eine Magd", sagte sie endlich.

„Eine Magd? Sie wollen als Magd arbeiten?" Er schaute sie bestürzt an. „Das begreife ich nicht."

Sie schwiegen wieder lange. Er ging nun voraus, weil der Weg sich verengte und mitten durch die Sümpfe führte.

„Kennen Sie die Leute vom Grünland?" fragte sie schließlich.

„Ich kenne alle im weiten Umkreis", antwortete er.

„Glauben Sie, daß ich dort Aufnahme finden werde?"

„Ich weiß es nicht. Der Frohlander hat eine rauhe, verschlossene Art. Es ist noch eine Tochter da, die seit dem Tod der Mutter den Haushalt führt, und ein eben der Schule entwachsener Sohn. Die Familie wurde heuer im Frühjahr von einem schweren Unglück getroffen. Der älteste Sohn, der in der Stadt im letzten Semester an der Hochschule für Gartenbau studierte, ist bei einem Autounfall ums Leben gekommen. Diplomgärtner sollte er werden; er galt als tüchtig, begabt. Sie treffen es nicht gerade günstig dort. Aber muß es denn ausgerechnet das Grünland sein, wenn Sie schon, wie ich annehme, aus irgendeinem Grund in das einfache Leben hineinsteigen wollen?"

„Ja, es muß das Grünland sein! Ich kann Ihnen den Grund nicht sagen. Sie würden es wohl nicht begreifen. Es ist ein schicksalhafter Weg, den ich gehe."

„Und wenn man Sie dort abweisen sollte?"

„Das darf nicht sein! Es steht nichts mehr hinter diesem Ziel meines Weges."

„Das heißt, hinter dem Grünland hört die Welt für Sie auf?"

„Ja."

Sie schwiegen wieder. Aus der Ferne ertönte das Gebell eines Hundes. Hier und dort blitzte ein Licht auf.

„Sind wir schon da?"

„Nein, wir sind erst im ‚Graben'. Es sind weit verstreute Häuser der Moorbauern, aus denen die Lichter kommen. Wir haben auch eine kleine Holzkirche und sogar ein Wirtshaus. Der Wirt ist ein seltsamer Kauz. Man nennt ihn den schwarzen Marzell. Sein Ruf ist nicht gut. Jungen Frauen stellt er gern nach. Ich sage es Ihnen, damit Sie es beachten, falls Sie hierbleiben sollten."

Der Boden wurde nun fester. Das Hundegebell erklang näher. Vor ihnen breitete sich eine Niederung aus.

„Wir kommen jetzt ins Grünland", sagte er.

Da sah sie auch schon das Licht, das aus einem Fenster eines einsamen Gehöfts leuchtete. In einer weiten Umfriedung standen dichtgepflanzte Bäume. Süßer Duft von Rosen drang ihnen entgegen.

„Ich wünsche Ihnen, daß Sie Glück haben mögen."

Josefa beschlich wieder die große Angst, die sie in seiner Begleitung verloren hatte. Sie vermochte ihm nicht zu antworten.

„Der Hund liegt an der Kette und kommt nicht bis zur Tür heran; Sie brauchen keine Angst vor ihm zu haben." Dann zog er den Hut. „Bitte versprechen Sie mir, nicht kopflos irgendwohin zu laufen, falls Sie abgewiesen werden. Klopfen Sie dann am Schulhaus vom Graben an! Vielleicht kann ich etwas für Sie tun."

Sie fing nun wirklich an zu frösteln; es war die Angst, die sie erschauern ließ.

„Verzeihen Sie, ich hab mich noch nicht einmal vorgestellt: Mein Name ist Hans Mohr."

Sie gab ihm die Hand und dankte ihm für seine Hilfe.

„Ich heiße Joas, Josefa Joas. Ich bin so froh, daß gerade Sie es waren, dem ich auf dem furchtbaren Weg begegnete."

„Wenn ich ein wenig geholfen habe, dann freut es mich."

„Es hätte ja auch der schwarze Marzell sein können", versuchte sie zu scherzen.

„Sie haben recht. Vielleicht ist doch ein guter Geist mit Ihnen. Wenn Sie nicht weiter wissen, dann schenken Sie mir bitte Ihr Vertrauen."

„Ich verspreche es Ihnen."

Er gab ihr den Koffer und drückte ihr die Hand.

„Gute Nacht!"

Dann tauchte er in der Nacht unter.

Noch hörte sie eine Weile seine Schritte, aber immer mehr verlor sich das Geräusch in der nächtlichen Weite.

Da stand sie nun wieder ganz allein da, und vom Haus her tönte das feindselige Knurren des Hundes. Sobald sie auf die Tür zugehen wollte, wandelte sich das Knurren in ein wütendes Kläffen. Dann rasselte die Kette, die an der eisernen Laufstange wild hin und her gerissen wurde.

Und kein Mensch war zu sehen. Nichts rührte sich in diesem düsteren Haus; es lag wie ausgestorben da. Die Nacht hatte ihren Schleier bereits so dicht darum gehüllt, daß es nur noch seinen Umrissen nach zu erkennen war. Außerdem fiel ihr der Lichtschein, der aus einem Fenster der Stube strömte, direkt ins Gesicht und blendete sie. Sie sah nur, daß das Haus groß und alt war. Auf dem nachtgrauen Gemäuer des Untergeschosses ruhte ein hölzernes, blockartiges Stockwerk mit kleinen Fenstern dicht unter einem tief herabreichenden Dach.

Der Duft von starkriechenden Pflanzen und Gewächsen wehte von den Gärten herauf. Es roch nach moosfeuchten Gründen und aufgebrochener Erde.

Noch einmal wich Josefa zurück und verbarg sich ängstlich hinter dem dicken Stamm einer alten Weide, die ihr Geäst über den Giebel des Hauses hinweg auf das Dach hinausstreckte.

Am liebsten wäre sie weggelaufen und dem Mann nachgeeilt, der jetzt über die Weite des Moores zurückging. Sie hätte ihm sagen wollen: Ich kann nicht in dieses fremde, düstere Haus gehen! Wenigstens nicht jetzt in der Nacht!

Aber es war zu spät. Sie mußte weiter. Wieder wagte sie sich ein paar Schritte auf das Haus zu, aber mit dem wütenden Kläffen des Hundes zögerte sie erneut.

## 2

Matthias Frohlander, der Rosengärtner vom Grünland, saß in der Stube seines einsamen Hauses und erledigte beim Lampenlicht ein paar geschäftliche Briefe. Er war heute in der Stadt gewesen, hatte Geld für Lieferungen kassiert und neue Aufträge erhalten. Seine Baumschule und vor allem seine Zucht von Rosen hatten ihn nach und nach zu einem geradezu berühmten Mann gemacht. Er hatte offenbar darin keine gleichwertige Konkurrenz. Niemand wußte um das Geheimnis seiner Erfolge bei der Aufzucht von Bäumen und Blumen. So war es nicht verwunderlich, daß sein Name überall bekannt war und daß sein Geschäftsbetrieb einen ungeahnten Aufschwung genommen hatte. Selbst aus fernen Städten kamen Bestellungen und Anfragen. Bei allem Fleiß war er doch nicht imstande, allen Anforderungen gerecht zu werden.

Das „Grünland“, wie die fruchtbare Niederung inmitten der unwirtschaftlichen Moorlandschaft genannt wurde, war von einem seiner Vorfahren erworben und gerodet worden. Generationen hatten an diesem Landstück gearbeitet, bis es wurde, was es heute war: ein Fleck grüne Erde mit geradezu paradiesischem Wachstum.

Wer jedoch Matthias Frohlander in seiner altväterlichen Stube sitzen sah — mit dem von Sonne und Wetter gezeichneten harten Gesicht, mit den schwieligen Händen und in der zerknitterten Arbeitskleidung —, der wußte Bescheid über das einfache Leben, das trotz Erfolg und Wohlstand in diesem Haus geführt wurde. Die getäfelte Stube hätte einem einfachen Moorbauern gehören können. Ein dickbauchiger Ofen, ein grober Tisch mit ein paar dreifüßigen Stühlen, eine alte Kommode und im Ofenwinkel ein mit Leder überzogenes Liegesofa — das war die ganze Einrichtung. Die im Verhältnis zur Größe der Stube viel zu kleinen und tief im dicken Gemäuer eingesetzten Fenster waren ohne Vorhänge. Aber im Tischwinkel, wo das Kreuz hing, kletterten in üppiger Fülle die immergrünen Ranken bis zur Decke. Am Getäfel zwischen zwei Fenstern hing das Bild eines jungen Mannes. Ein Trauerflor lag um den Rahmen. Das war wohl der jüngste Tote des Hauses, dem man hier eine Erinnerungsstätte geschaffen hatte.

Wegen seiner ungünstigen Lage war das Haus nicht an das Stromnetz angeschlossen, und deshalb mußte man sich hier immer noch mit einer Petroleumlampe begnügen. Ihr sanfter Schein drang nicht bis in die Ecken der geräumigen Stube — aber die Bewohner des Hauses vom Grünland waren diese Beleuchtung gewöhnt.

Matthias Frohlander war so emsig beschäftigt, daß er lange nicht auf das Bellen des Hundes achtete. Erst als die Unruhe des Hundes gar kein Ende nehmen wollte, wurde er endlich aufmerksam und ging vor die Tür.

Da sah er die Gestalt einer Frau mit einem Handkoffer im Hofraum stehen. In der Dunkelheit vermochte er nichts deutlich zu erkennen. Er rief den Hund zur Ruhe und wartete eine Weile auf irgendein Wort von der Fremden. Als sie nichts sagte, fragte er:

„Will jemand zu mir?“

„Zum Gärtner Frohlander.“

„Der bin ich.“

Die Gestalt kam zögernd heran. Er ging voraus in die Stube, und sie folgte ihm.

Josefa fand das trübe Licht sehr tröstlich; es enthüllte nicht gleich alles, womit man noch zurückhalten wollte — das Gesicht, die Kleidung, die Schmächtigkeit der Figur. Aber sie erkannte den Mann sogleich wieder, der dort abwartend unter der Lampe stand, und war darüber sichtlich erschrocken, denn es war derselbe, der mit ihr am Bahnhof Vierlinden aus dem Zug gestiegen war, der sie dann im Moor überholt und auf ihre Fragen hin so wenig Freundlichkeit gezeigt hatte.

Ob auch er sich an die Begegnung erinnerte?

Offenbar nicht, denn ohne ein Anzeichen des Wiedererkennens fragte er nach dem Zweck ihres Besuches.

Sie war ängstlich bei der Tür stehengeblieben, als fürchtete sie sich.

„Ich möchte fragen, ob Ihr eine Magd braucht“, sagte sie, und sie bemühte sich, mit fester Stimme zu sprechen.

„Eine Magd? Hat man dich im Dorf zu mir geschickt?“

„Ja“, log sie ohne Zögern. Vielleicht überlegte er nun wenigstens und wies sie nicht sofort ab.

Und er schien wirklich zu überlegen.

„Eine Magd könnt ich wohl brauchen, aber sie müßte anders aussehen als du! Unsere Arbeit erfordert Kraft und Widerstand gegen Sonne und Regen. Und da machst du dir den Weg bis zu uns ins Grünland?“ fügte er bedauernd hinzu.

„Ich hab schon Kraft!“ erwiderte sie mutig.

Sein Lachen klang ungläubig, aber der gute Wille, der sich in ihren Worten offenbarte, schien ihm zu gefallen.

„Wie heißt du?“

„Josefa Joas“, antwortete sie.

Sie vermied die gewohnte Form Josi ihres Vornamens absichtlich — aus Furcht, sie könnte ihm zu fremd in den Ohren klingen. Josefa hörte sich bäuerlicher an als Josi.

Aber es half ihr nichts. Ihr Aussehen entsprach ganz und gar nicht ländlicher Herkunft. Der Mann ließ sie nicht mehr aus den Augen.

„Woher kommst du? Aus der Stadt?“

Sie nannte den Namen einer fremden Stadt.

„Was hast du denn ausgefressen, daß du bis zu uns ins Grünland fliehst?“

Diese grobe Frage traf sie wie eine Ohrfeige. Einen Augenblick stand sie verstört da.

„Nein, bitte, nicht so sprechen!“ rief sie, und brach in Tränen aus. „Ich hab weder gestohlen noch betrogen! Es ist ein unglückliches Schicksal, das mich in die Fremde treibt!“

Ihr Blick richtete sich wie hilfesuchend auf das trauerumflorte Bildnis an der Wand. Sie sah das mutwillige Lächeln in dem frischen Gesicht. Wer weiß, was er in der Heiterkeit seiner Jugend, in seiner Kraft und Zuversicht erschaut hatte, als das Bild von ihm gemacht wurde.

Heute dient es dem Andenken eines Toten.

„Wissen deine Eltern von deinem Fortgehen?“ fragte der Mann und rief sie damit in die Wirklichkeit zurück.

„Meine Eltern sind tot.“

In diesem Augenblick ging die Tür auf, und ein junges Mädchen kam herein. Unter dem dunklen, faltigen Trägerrock trug das Mädchen eine weiße Bluse. Aus den kurzen Ärmelstutzen kamen kräftige, braune Arme hervor. Das strohblonde Haar bildete einen auffälligen Kontrast zu dem sonnengebräunten Gesicht, dessen Züge die robuste Gesundheit eines einfachen Lebens verrieten. Es war anscheinend die Tochter des Hauses.

Merkwürdig, mit wieviel Bereitschaft dieses Bauernmädchen meinem verzweifelten Blick begegnet, dachte Josefa.

Noch konnte das Mädchen ja nicht wissen, um was es hier ging, und doch hatte Josi das Gefühl, daß die Entscheidung des finsteren Mannes von der Tochter beeinflußt werden würde.

„Nein“, sagte Matthias Frohlander jetzt. „Es hat keinen Zweck. Natürlich kann ich dich nicht in der Nacht über das Moor zurückschicken. Bleib also in Gottes Namen bis morgen früh im Haus.“ Er wandte sich an seine Tochter. „Monika, gib ihr zu essen und laß sie diese Nacht hier schlafen.“

Josi rannen die Tränen über die Wangen. Sie merkte nicht, wie Monika zu ihr trat und eine Weile überlegend vor ihr stand; dann wandte sie sich ihrem Vater zu.

„Was ist geschehen?“ fragte sie.

„Als Magd wollte sie sich bei uns verdingen", antwortete er, bereits ungeduldig über die Störung.

„Können wir sie nicht brauchen?"

„Nein."

Monika war noch nicht zufrieden.

„Ich weiß nicht recht, warum, Vater — aber ich meine wir sollten sie hier behalten."

Frohlander schaute auf. Sein Blick wanderte zwischen den beiden Mädchen hin und her.

„Es gibt viel Arbeit im Haus", sagte Monika. „Die kann sie doch machen. Ich wäre dann frei für draußen."

Der Mann stand wieder auf und kam heran.

„Sie kommt aus der Stadt", erwiderte er.

„Aber sie bringt guten Willen mit. Ich bitt dich, Vater, laß sie hier!"

Matthias Frohlander wanderte in der Stube hin und her.

„Ich weiß nicht, es scheint nicht alles so ganz recht zu sein mit ihr", sagte er. Dann richtete er seinen Blick nochmals auf das fremde Mädchen. „Willst du nicht sagen, was dich von daheim vertrieben hat?"

„Ich kann es nicht sagen!" Es klang wie eine Bitte, wie eine Beschwörung.

Wieder mischte sich Monika ein.

„Laß gut sein, Vater! Sieht sie denn aus wie eine Verbrecherin?"

Frohlander zögerte immer noch, aber man merkte, wie er allmählich der Ansicht seiner Tochter zuneigte.

„In Gottes Namen!" sagte er schließlich. „Du kannst bleiben. Sollte ich dich aber bei einer Lüge oder etwas Ähnlichem ertappen, dann freilich wär das Ende da. Wir halten hier auf Ehre, unser Haus verträgt keine Schande."

„Ich dank Euch!" stammelte Josi und folgte Monika in die Küche.

Auch hier hing eine Petroleumlampe an der Decke. Die Küche war bedeutend kleiner als die Stube, und sie offenbarte noch mehr karge Einfachheit. Die Wände waren rauchgeschwärzt. Ein unebener Steinboden, der um den gemauerten Herd ausgetreten und schadhaft war, strömte ein Gefühl von Kälte und Ungemütlichkeit aus. An den Wänden hingen Holzrahmen mit vielen Schüsseln und ein paar rußgeschwärzte Pfannen. Zwischen zwei vorspringenden Mauerstützen lag das Feuerloch für den Ofen der Stube, vor dem Scheitholz und Reisig aufgeschichtet war. Ein einziges Fenster hatte die Küche. War überhaupt schon einmal ein Strahl Sonne in diesen Raum gefallen?

Josi hatte sich auf einen Stuhl gesetzt, der vor dem klobigen Tisch stand; sie sah der Monika schweigend zu, wie sie das Reisig brach und Feuer im Herd machte. Sie hörte das Summen der Fliegen, die in dem trüben Lampenlicht noch einmal munter geworden waren.

Als das Feuer brannte, stellte Monika eine Pfanne auf den Herd und buk einen Eierkuchen.

„Du mußt erst mal was Richtiges essen", sagte sie. „Der Weg zu uns ist weit."

„Du bist so gut zu mir, Monika!"

Monika reagierte nicht darauf. Sie stand mit nackten braunen Beinen am Herd und kümmerte sich um das Essen. Man sah ihr an, daß sie viel arbeiten mußte — daß sie nicht nur das Haus betreute, sondern auch in den Pflanzungen wacker mithalf. Dennoch war sie zu beneiden in ihrer gesunden Kraft und Natürlichkeit. Denn trotz aller Schlichtheit und Mitgenommenheit durch Arbeit, Sonne und Wetter war sie schön mit ihrem strahlenden Haar, ihren klaren Augen und den gutgeformten Zügen. Sie war wirklich hübsch.

„Ich bin froh, daß du gekommen bist", sagte sie plötzlich. „Wer findet schon den Weg zu uns über das weite Moor? Der Vater meint es nicht so, wenn er so grob ist, glaub mir! Er ist ein wenig herb geworden. Vor einem Jahr erst starb unsere Mutter. Sie hatte eine Wunde an der Hand und beachtete sie nicht; in wenigen Tagen war sie tot. Und im Frühjahr kam mein Bruder ums Leben. Hast du sein Bild gesehen in der Stube? Er war der Stolz des Vaters. Diplomgärtner sollte er werden, und er war schon fast fertig mit der Schule. Bei einem Verkehrsunfall kam er ums Leben. Seitdem ist der Vater so düster — auch gegen mich."

Josi schwieg, aber ihre Augen blickten mit aufmerksamer Teilnahme auf das Mädchen.

„Der Vater ist mit Leib und Seele Gärtner. Die Blumen und Bäume, vor allem aber die Rosen sind der Inhalt seines Lebens. Er hat in seiner Arbeit schon erstaunliche Dinge vollbracht; ich weiß nicht, ob dir das bekannt ist. Der Peter, mein toter Bruder, sollte sein Werk fortsetzen; er sollte erreichen, was dem Vater vorenthalten blieb. Und ich glaube, er hätte es auch erreicht, denn er war sehr klug."

Der Eierpfannkuchen war fertig, und Monika brachte ihn auf den Tisch.

„Laß ihn dir schmecken", sagte sie und brachte am Herd wieder alles in Ordnung.

Josi aß mit großem Appetit. Der Weg hatte sie doch sehr hungrig gemacht, und nachdem nun alles gut ausgegangen war, kam ihr Gemüt nach und nach zur Ruhe.

„Kochen kannst du, ja?" fragte die Monika.

„Ja."

„Dann ist es gut. Ich werde draußen dem Vater helfen."

„Das möchte ich ja auch, Monika! Ich will alles tun, was man von mir verlangt."

„Ich glaub dir. Deshalb hab ich ja für dich gesprochen. Es wird schon alles gut werden."

Jetzt hörte man Schritte vor der Tür, und dann kam ein etwa sechzehnjähriger, kräftiger Bursche in die Küche. Er trug noch die Arbeitsschürze; Gesicht und Hände waren beschmutzt, und an den Stiefeln klebte Erde.

Neugierig schaute er auf den fremden Gast.

„Wir haben eine Magd bekommen, Martin", sagte Monika.

Der Junge musterte die Neue sehr eingehend.

„Dich?" fragte er und wandte sich damit direkt an Josi.

Josi stellte fest, daß er ziemlich stark seinem Bruder glich, dessen Bild in der Stube hing.

„Ich mein, du wirst es kaum schaffen", sagte nun auch der Junge zweifelnd, nachdem er seine Betrachtung beendet hatte.

Josi erschrak wieder.

„Warum nicht?"

Der Bursche verzog das Gesicht zu einem gutmütigen Grinsen.

„Sie schafft es schon, Martin", sagte Monika. „Wir werden ihr am Anfang ein wenig helfen."

Martin nickte bereitwillig; dann holte er einen Eimer aus der Ecke und ging hinaus, um sich an der Pumpe zu waschen.

„Er ist gut", sagte Monika. „Ich glaube nicht, daß du einmal mit ihm unzufrieden sein wirst."

Dann brannte sie ein Öllämpchen an und führte Josi in die Kammer hinauf, die am Ende des breiten Söllers hinter einer schmalen, knarrenden Tür lag.

Eine schwüle, stickige Luft schlug ihnen entgegen. Monika öffnete das einzige Fenster, das vergittert tief im Gemäuer saß.

„Es hat hier schon lange niemand mehr geschlafen", sagte sie. Dann zeigte sie Josi das Bett mit den Bezügen aus grober Leinwand und den bemalten Schrank, in den sie ihre Kleider hängen konnte.

Sie stellte das Licht auf den Tisch und wollte hinausgehen — aber Josi hielt sie zurück.

„Ich möcht dir noch danken, Monika! Ohne dich könnt ich jetzt nicht ruhig in dieser Kammer schlafen. Du ahnst nicht, was du heut für mich getan hast!"

Monika schaute versonnen in das Licht der Öllampe, das jetzt im Luftzug des offenen Fensters unruhig flakkerte.

„Ich weiß nicht, was es war", begann sie dann, „aber es ist plötzlich so über mich gekommen. Als ich dich so ängstlich, so voll Verzweiflung dastehen sah, mußte ich an Peter denken, meinen toten Bruder. Ich überlegte, was er wohl sagen würde, wenn er dabei sein könnte. Er war viel freimütiger, aufgeschlossener und heiterer als wir. Er war eben lange in der großen Stadt unter fremden Menschen. Ich hab gemeint, ich hörte ihn sprechen: ‚Jagt sie nicht zurück, wenn sie schon Hilfe braucht in einer großen Not! Ihr könnt sie brauchen in dieser Einsamkeit hier!' Und ich hätt mich für unser ganzes Haus gefürchtet, wenn der Vater dich weggeschickt hätte!"

Josi liefen ein paar Tränen über die Wangen, aber Monika merkte es nicht. Sie griff nach der Türklinke und schaute noch einmal zurück.

„Ich glaub, es ist alles da, was nötig ist. Eine Uhr brauchst du nicht, denn du wirst in der Frühe geweckt. Bleib nur mutig! Es wird schon alles gut werden. Gute Nacht!"

Dann ging sie fort. Ihr Schritt verhallte auf der Stiege. Unten öffnete und schloß sich eine Tür. Dann lag tiefe Stille über dem alten Haus.

Josi räumte ihre Sachen in den Schrank, dessen Tür bei jeder Bewegung in den Angeln knarrte. Der Schein des Lichtes tanzte über Wände und Decke der schmucklosen Kammer. Es war alles so fremd, so düster — so ungewohnt. Dennoch war sie zufrieden mit dem Ergebnis. Das

Vertrauen, das ihr Monika, dieser einfache, gute Mensch, entgegengebracht hatte, bestärkte sie in der Hoffnung auf eine bessere Zukunft.

Sie schlug das Bett auf, aber sie legte sich noch nicht hin, obwohl bleierne Müdigkeit sie überfiel. Angekleidet trat sie ans Fenster, nachdem sie das Licht ausgelöscht hatte, und lehnte sich an den Kreuzstock.

Frisch schlug ihr die Luft in das heiße Gesicht. Der Himmel hatte sich geklärt und wölbte sich sternhell über dem Land.

Nein, sie wollte jetzt nicht mehr an die Umstände denken, die sie in dieses Haus und zu solcher Demütigung geführt hatten — nicht an die Zukunft und an die verhängnisvolle Stunde, die mit unabwendbarer Gewißheit einmal schlagen mußte und ihr Geheimnis preisgeben würde. Sie wollte jetzt rasten und in die Nacht lauschen, die mit unwahrscheinlich tiefer Entrücktheit über dem Moor lag.

Sie erschrak, wenn sich unten der große Hund regte und seine Kette rasselte. Eine Weile fiel noch der schmale Lichtstreifen aus dem Fenster der Wohnstube auf die Bäume; dann wurde es auch dort dunkel. Leise schlurfende Schritte gingen über den Söller. Eine Tür fiel ins Schloß. Nun war alles still.

Da hörte sie von einer Straße herauf, die hinter dem Gehege vorbeiführen mußte, das Geräusch von Schritten.

Ein später Wanderer ging dort offenbar mit kräftigem Schritt vorbei. Sie wunderte sich, daß der Hund nicht anschlug; vielleicht kannte er diesen Schritt und war ihn gewöhnt?

Er reagierte auch dann nicht, als nach dem Verklingen der Schritte in der Ferne eine Männerstimme zu singen begann.

Wie ein Ruf aus einer verlorenen Welt tönte das Lied aus der Nacht und verhallte in der Weite des Moores, aber es klang immer wieder und ferner mit neuen Strophen auf. Es war ein einfaches Volkslied, das der Unbekannte auf seinem Weg über das Moor sang — ein Lied von Liebe und Treue, von Glück und schmerzhaftem Verzicht —, aber es weckte in ihrem Herzen tiefe Bewegung — ein melancholisches Sehnen nach unwiederbringlich verlorenen Schätzen des Lebens.

Sie wußte nicht, wer der Sänger war, woher er kam und wohin er ging, aber sie fühlte sich im Augenblick mit ihm verbunden. Sie sah in ihm einen Freund in der Einsamkeit dieser ersten Nacht im Moor.

Erst als die Stille zurückgekehrt war und der Hund dort unten an seiner Kette sich auf seiner Matte ausgestreckt hatte, zog sich Josi aus und schlüpfte in das Bett; aber sie fand trotz aller Müdigkeit noch lange keinen Schlaf.

Josefa Joas — Dienstmagd beim Gärtner Frohlander im Grünland! Das war eine Tatsache, die wegen ihrer Unfaßbarkeit ihr Gemüt aufwühlte.

Und morgen früh, beim Sonnenaufgang, würde man sie wecken, und dann mußte sie mit anpacken bei schwerer Arbeit und sich nützlich zeigen im Tagwerk eines Freilandgärtners.

## 3

Matthias Frohlander ging am frühen Morgen von Tür zu Tür und weckte seine Leute. Josi war in einen späten, betäubenden Schlaf versunken und vermochte sich nur langsam in die Wirklichkeit zurückzufinden, als das kurze, harte Pochen an der Tür ertönte. Aber dann sprang sie auf. „Gott mag mir helfen!" dachte sie. Sie wählte ein einfaches, derbes Hausgewand, wie sie es gelegentlich daheim beim Stöbern und Reinigen der Wohnung trug. Sie wußte, daß es noch nicht das rechte Kleid war und daß sie damit in dieser Umgebung immer noch auffiel — aber sie hatte im Augenblick nichts anderes, womit sie ihren Willen zur Einfachheit und Arbeit betonen konnte.

Sie trat ans Fenster. Aber es war noch dunkel; nur am Himmel zeigte sich das erste Grau der Morgendämmerung.

Sie tappte leise die Stiege hinab, ging in die Küche und fand Monika bereits bei der Arbeit am Herd.

„Was hab ich zu tun?" fragte sie.

„Kochen kannst du doch wohl?" fragte Monika, wie schon gestern abend.

Josi nickte. Sie hatte daheim oft für sich und ihren Bruder gekocht und viel Geschick dabei gezeigt. Aber was hier an ländlicher Frühkost von ihr verlangt wurde, bereitete ihr Schwierigkeiten. Einen Tag gab es Hafermus, am anderen Brennsuppe.

Monika belehrte sie über die Zubereitung dieser einfachen, aber kräftigen Kost.

Frohlander war in dem kleinen angebauten Stall mit der Fütterung seiner beiden Arbeitspferde beschäftigt. Auch Martin war schon unterwegs und geisterte im Haus und draußen herum.

„Ich hab in der Nacht draußen jemanden singen gehört", sagte Josi während ihrer Arbeit. Es war ihr auf einmal eingefallen, als sie an diese bedrückende erste Nacht zurückdachte. „Es war so seltsam, so unwirklich — mitten in der Nacht im weiten Moor! Kommt das öfters vor?"

„Das ist der schwarze Marzell, der Wirt vom Graben", antwortete Monika. „Ein eigentümlicher Kauz. Er ist erst seit ein paar Jahren hier; er ist vom Gebirge hergekommen. Man sagt, daß er heimtückische Dinge treibt, und deshalb traut man ihm nicht. Er hat nur einen Arm; den andern soll er einmal durch einen Unfall verloren haben.

Mir hat er noch nichts getan, aber du solltest dich vor ihm hüten, wenn du einmal mit ihm zusammentriffst."

„Was sollte ich beim Wirt vom Graben zu tun haben?"

„Wir holen das Bier bei ihm. Gewöhnlich besorgt das der Martin. Aber es könnt sein, daß der Vater dich einmal schicken wird."

„Ist er denn allein im Haus?"

„Nein, er hat noch seine Mutter, die alte Jul. Sie ist aber auch ein seltsames Weib."

Die ersten Tage vergingen, ohne daß sich etwas Nennenswertes ereignete. Josi versuchte sich in ihre neuen Aufgaben einzuarbeiten und sich in den fremdartigen Verhältnissen zurechtzufinden. Es gelang ihr auch, sich in den kleinen Familienkreis einzuordnen und sich nach und nach nützlich zu machen im harten Tagewerk des Baumschulgärtners. Sie versorgte das Haus, bereitete die Mahlzeiten und reinigte die Räume; sie nahm Veränderungen in Stube und Küche vor, so daß bald mehr Freundlichkeit und Wärme in der alten Heimstatt aufkamen.

Frohlander ließ sie gewähren. Er bewahrte sein abwartendes, düsteres Schweigen. Man wußte nicht, ob er mit ihr zufrieden war oder nicht. Aber ihr guter Wille und ihr Fleiß mußten ja schließlich Beachtung finden. Und als er sie einmal in den Rosenplantagen sah, wie sie bei sengender Hitze mit Monika zusammen Erde siebte und sich dabei sehr geschickt zeigte, sprach er ein kurzes Wort des Lobes zu ihr.

Bei seinem nächsten Besuch im Dorf ging er auch zum Gemeindeamt und meldete seine neue Magd formgerecht an. Von diesem Tag an galt Josi Joas als rechtmäßige, festgedungene Magd beim Rosengärtner vom Grünland.

Zu ihren Obliegenheiten gehörten auch die Pflege und Fütterung der großen Tigerdogge. Es erschien höchst seltsam und geradezu unerklärlich, daß der Hund schon nach wenigen Tagen seiner neuen Betreuerin blind ergeben war. Mit sichtlicher Freude stellte er sich an seiner Kette auf, wenn er sie sah oder nur ihre Stimme hörte. Darüber wunderten sie sich alle im Haus und besonders Frohlander selbst, der bisher das Vertrauen der Dogge keineswegs in solchem Maße gewonnen hatte. Nero hieß der Hund; er wurde nicht eigentlich zur Bewachung gehalten, sondern vielmehr im Andenken an den toten Sohn. Denn ihm hatte Nero gehört. Er hatte ihn gekauft und dann im väterlichen Anwesen zurückgelassen, um ihn später einmal für ein eigenes Heim zu verwenden. Der Sohn war tot, und niemand wagte es, den Hund fortzugeben — aus Furcht dadurch das Andenken an den Verstorbenen zu verletzen.

Wie kam es nun, daß diese fremde und in ihrer Art ganz ungewöhnliche Magd solchen Einfluß auf den Hund gewann? Freilich hatte sie ihm vom ersten Tag an besondere Aufmerksamkeit gewidmet und hatte versucht, ihm das Los an der Kette zu erleichtern. Sie hatte sich gefreut, wenn sie ihn aufgerichtet stehen sah in seiner ganzen Größe und Kraft — wie eine aus Erz gegossene Statue. Und sie hatte liebevoll zu ihm gesprochen, wenn sie zu ihm ging. Trotzdem aber blieb das Vertrauen des Tieres zu ihr für Frohlander und seine Leute ein Rätsel.

Die Sonne und die frische Luft hatten bald die zarten Farben ihres Gesichts übertönt. Die schmächtigen Arme wurden braun, und die Gestalt bekam bei der harten täglichen Arbeit eine festere, derbere Form. Trotzdem blieb sie im Wesen ihrer feineren Art getreu, und ihr stilles, verborgenes Leid kam in allen ihren Bewegungen zum Ausdruck.

Die Leute vom Grünland gewöhnten sich daran. Sie dachten sich nichts mehr dabei, daß ihre Magd so wenig ländlich aussah. Die Hauptsache war, daß sie ihre Arbeit tat und guten Willen zeigte.

Und so geschah es an einem Abend, daß Frohlander sie zum Wirt vom Graben schickte, um das leere Faß gegen ein volles einzutauschen. Monika war in dieser Zeit viel drüben im Riedhof, wo sie an den Feierabenden beim Einfahren des Heues half, und gewöhnlich kehrte sie erst spät heim, begleitet von dem Jungbauern, mit dem sie dann noch eine Weile plaudernd vor dem Haus stand. Josi wußte nicht, daß es zwischen den beiden Familien bereits ein Einverständnis gab und daß die flachsblonde Tochter des Gärtners Riedhofbäuerin werden sollte. Aber sie ahnte es seit diesen Tagen, an denen Monika Abend für Abend zum Riedhof hinüberlief. Martin hatte Frachtgut ins Dorf gefahren und war noch nicht heimgekehrt. Das Bierfaß war leer, und man brauchte morgen zur Arbeit das Getränk.

Josi zog den Handkarren über die krumme, schmale Straße zum Wirtshaus vom Graben hin.

Seit dem Tag ihrer Ankunft hatte sie sich nicht mehr weit vom Haus entfernt. Das Moor mit seinem Schweigen, mit seiner Heimtücke und seinen Schrecken hatte sie beinahe vergessen. Jetzt tauchte es wieder vor ihr auf unter dem weitgespannten rosafarbenen Himmel. Sie sah wieder die Weiden und Erlen aus dem Wildgestrüpp von Sanddorn aufragen und am Himmel die Wildenten fliegen. Später erkannte sie auch einzelne weitabgelegene Gehöfte der Moorbauern; sie sah in der Ferne die kleine Holzkirche mit ihrem spitzen Turm und daneben eine lange Baracke. Das war wohl die Schule.

Sie dachte an Hans Mohr, den Lehrer vom Graben. Vielleicht saß er wieder irgendwo an einem Bach. Sie hatte sich häufig seiner Worte erinnert, und sie hätte ihn gern einmal getroffen, weil er sich so rührend um sie gekümmert hatte. Aber das Moor war so weit gedehnt, und es führten viele Wege hindurch. Wenn es sich nicht durch Zufall ergab, war kaum mit einer Begegnung zu rechnen.

Noch war es hell genug, um die Wegmarkierung leicht zu erkennen. Beim Rückweg würde sie vorsichtiger gehen müssen. Sie sah auch bald hinter ein paar Birken das Wirtshaus mit seinem weißen, weithin leuchtenden Gemäuer. Es stand dicht an der Straße und war bequem zu erreichen. Damals, als sie das erstemal hier vorbeigekommen war, war es Nacht gewesen, und sie hatte nichts davon gesehen.

Als sie sich dem Haus näherte, sah sie, daß das Gemäuer gar nicht so weiß war, wie es aus der Ferne erschien. Es war sogar sehr schmutzig und brüchig. An den unverhängten Fenstern befanden sich Eisenstäbe. Vor der Tür lag ein struppiger Hund, der aber zu faul war, um ihrer Annäherung Beachtung zu schenken.

Da sie keinen Menschen sah, ließ sie den Karren vor der Tür stehen und ging hinein. Sie kam in eine große Stube, in der es nach Rauch und Bier roch. Tische und Stühle standen verlassen da. Hinter dem farbverblichenen, groben Schanktisch ragte die klobige Gestalt eines Mannes in Hemd und Hose auf; darüber trug er eine derbe Schürze. Auf den breiten Schultern saß ein runder, grobknochiger Schädel mit schwarzem, wolligem Haar. Der rechte Ärmel war umgeschlagen und angeheftet. Der Mann hatte nur einen Arm. Daran erkannte Josi, daß sie dem „schwarzen Marzell“ gegenüberstand.

Er schaute sie aus listigen, forschenden Augen an, als schätzte er die fremdartige, anmutige Erscheinung sorgfältig ab. Und der Eindruck, den er empfing, schien ihm sehr zu gefallen, denn plötzlich kam er hinter dem Schanktisch hervor und stellte sich mit breitem Grinsen vor sie hin.

„Ein neues Gesicht!“ sagte er. „Wer bist du denn?“

„Ich bin Magd beim Gärtner Frohlander.“

„Was? Der Alte hat sich eine Magd genommen? Wie lange bist du denn schon dort?“

„Erst seit einigen Tagen."

„Ach, deshalb hab ich dich noch nicht gesehen!"

Sein braunes, volles Gesicht, die kräftige Gestalt und die sorglosen Gesichtszüge verrieten den Hang zu leichtsinnigem Wohlleben. Josi fühlte sich nicht sehr wohl in seiner Gesellschaft, und sie horchte in das Haus hinein, ob denn sonst kein Mensch in der Nähe wäre.

„Ich soll Bier holen", sagte sie. „Mein Karren mit dem leeren Faß steht vor der Tür."

„Das hat Zeit."

„Nein, ich möchte wieder daheim sein, bevor die Nacht kommt."

„Oho, du wirst dich doch nicht etwa fürchten?"

„Ich kenne die Wege noch nicht."

„Dann bring ich dich hinüber."

„Nein!"

Sie hatte die Absage ziemlich heftig hervorgestoßen. Er schaute sie lauernd an — aber dann brach er in ein gemütliches Lachen aus.

„Oh, ich kann sehr galant sein — zumal so einem hübschen Mädchen gegenüber. Mach also keine Geschichten! Setz dich hin und ruh dich ein wenig aus! Du wirst genug geschunden da drüben bei deinem Gärtner!"

Er ergriff zwei Krüge, die auf dem Tisch standen, spülte sie aus und füllte sie hinter dem Schanktisch aus einem Faß.

„Komm, trinken wir auf gute Nachbarschaft", sagte er und nötigte sie zum Sitzen. „Der Tag war heiß genug; da kann ein Trunk nicht schaden."

„Nein, ich trinke kein Bier!" erwiderte sie abwehrend. Aber es half ihr nichts; er hätte sie mit Gewalt dazu gezwungen. Deshalb stieß sie mit ihm an und trank.

„Siehst du? War das nun so schlimm?" Er lachte, und seine weißen, gesunden Zähne leuchteten aus dem dunklen Gesicht. „Was meinst du, wie verdammt einsam man sich hier fühlen kann! Ein Tag ist wie der andere. Am Sonntag kommen die Moorbauern zu uns und spielen Karten, trinken sich einen Rausch an und gehen wieder heim. Wochentags kommt ab und zu einer vorbei und holt ein Faß heim. Davon leben wir. Aber sonst rührt sich nichts. Herrgott, der Mensch braucht doch auch noch andere Dinge zum Leben als bloß ein paar Groschen Geld und sein tägliches Brot! Manchmal würde ich das ganze Gelump hier weggeben für das Lachen und ein paar Zärtlichkeiten einer hübschen Frau!"

Josi stand auf. Sie hatte den Eindruck, daß er betrunken war, denn ein vernünftiger Mensch konnte doch keine solchen Reden führen. Sie kannten sich doch gar nicht! Sie erinnerte sich, was sie schon über diesen Mann gehört hatte, und nun fing sie wirklich an, sich vor ihm zu fürchten.

Er ergriff ihren Arm und zog sie auf den Stuhl zurück. „Bleib! Warum bist du so spröde? Verstehst du denn keinen kleinen Scherz? Du siehst doch gar nicht so aus, als hättest du bis heute den Bußgürtel getragen! Du kommst doch aus der Stadt, wie? Ja, das merk ich an deinem Reden, an deiner ganzen Haltung! Und von dort bist du weggelaufen und zu uns ins Moor gekommen. Das muß ja seine Gründe haben. Soll ich dir sagen, warum du dich hier im Moor verkrochen hast?"

„Das ist gemein! Ich verbiete Ihnen solche Reden!"

„Ihnen?" Er lachte wieder aus vollem Halse. „Hier im Moor kennt man kein Sie! Ich bin der Marzell, der Sohn der Wirtin vom Graben. Die Leute nennen mich den ‚schwarzen Marzell'. Du kannst ruhig du zu mir sagen. Gerade wir beide müssen uns verstehen. Wir kommen beide von draußen und haben unsere Gründe, uns hier zu verbergen. Beiden ist uns der Boden dort mehr oder weniger heiß geworden. Wir werden uns schon noch verstehen. Du gefällst mir — du bist jung und schön. Nur hast du, scheint mir, mit Männern schlechte Erfahrungen gemacht.

Du trinkst ja nicht!" sagte er plötzlich und schob ihr den Krug hin.

„Ich will jetzt gehen! Es wird bereits dunkel."

„Keine Sorge! Ich halte mein Wort und bringe dich hinüber."

„Nein!"

„Ich tu dir schon nichts! Oder fürchtest du dich vor mir?"

„Nein."

„Na, also! Meine Reden darfst du nicht so wörtlich nehmen. Ich kann sehr galant sein — besonders wenn ich mich Hals über Kopf verliebe!"

Da hörte man plötzlich Schritte. Eine alte Frau kam herein. Sie trug ein verblichenes Kleid und ein Tuch um den Kopf. Offenbar kam sie gerade aus dem Stall.

„Das ist meine Mutter, die Jul", sagte der Marzell. „Hör mal, Mutter!" rief er der Frau zu. „Der Gärtner Frohlander hat seit einigen Tagen eine Magd!"

„Ich komme gleich wieder", antwortete die Frau und verschwand.

Josi atmete auf. Nun wußte sie wenigstens, daß sie nicht allein war mit dem unheimlichen Menschen. Aber es dauerte noch eine Weile, bis die Frau zurückkam. Sie hatte das Stallgewand abgelegt und ein Hauskleid angezogen. Während der „schwarze Marzell" ein Faß aus dem Keller rollte und draußen auf den Karren lud, blieb Josi bei der Frau in der Stube. Sie sprachen ein paar belanglose Worte miteinander.

Als der Marzell zurückkam, trug er eine Mütze auf dem Kopf und hatte eine Joppe angezogen.

„Ich geh mit ihr noch über den Strupp. Sie kennt den Weg noch nicht", sagte er zur Mutter.

Die Jul nickte nur, aber es entging Josi nicht, daß sie ihm einen ermahnenden Blick zuwarf. Er nahm den Karren auf und schob ihn zur Straße.

Josi folgte ihm. Sie hatte nun wirklich Angst. Es war schon dämmerig; in kurzer Zeit würde die Nacht dasein.

Der Marzell sprach nicht. Die klobige Gestalt wirkte durch das Schweigen noch unheimlicher. Es erschien ihr unvorstellbar, daß der Mann, der da vor ihr ging — vielleicht mit irgendeiner heimtückischen Absicht in seinem Gehirn —, derselbe sein sollte, der in jener ersten Nacht nach ihrer Ankunft mit so viel Schwermut ein Lied gesungen hatte. Sie hatte sich diesen Sänger ganz anders vorgestellt und sich mit ihm verbunden gefühlt in Verlassenheit und Heimweh. Und jetzt fürchtete sie sich vor seinen Reden und vor seiner verhaltenen Leidenschaft und Gewalttätigkeit.

Sie erschrak, als er plötzlich anhielt und ihr ins Gesicht schaute. Noch war das Wirtshaus in der Nähe; hinter den Fenstern der Stube flammte eben Licht auf. Wenn jetzt etwas geschähe, dann kann ich noch nach der Jul rufen, dachte Josi — aber wenn sie noch eine Weile weitergingen, dann würde sie allein sein mit diesem Mann, eingeschlossen vom weiten, düsteren Moor.

„Was hast du denn schon über mich gehört?" fragte er lauernd. „Vielleicht, daß ich jeder Schürze nachjage? Ich weiß schon — das wird über mich gesagt. Ich könnte darüber lachen! Du kennst das Moor noch nicht, die Menschen hier und ihre Art. Vielleicht wirst du ihre Gefühllosigkeit einmal an dir selbst erleben müssen. Wenn du dich dann nicht dagegen zu wehren weißt, wirst du verzweifeln."

Er schwieg wieder und ging weiter, den Blick versonnen auf den Weg gerichtet.

Merkwürdig, wie ganz anders sein Verhalten jetzt ist, gegenüber seinen zügellosen Reden vorhin in der Wirtsstube, dachte Josi. Man wußte nicht, welche Gefühlsregung ernst zu nehmen war und was sich hinter diesen unsteten Augen verbarg.

Deshalb fürchtete sie sich vor ihm. Nur zögernd folgte sie ihm auf dem einsamen Weg. Das Wirtshaus vom Graben und die weitabgelegenen Gehöfte verloren sich immer weiter in der Ferne; die Nacht schloß ihren Bannkreis enger um sie.

„Wenn du einmal einen Freund brauchst, dann erinnere dich an diese Stunde", sagte er plötzlich. „Ich weiß schon, was du denkst; lieber möchtest du deine Seele dem Teufel verschreiben als mich um Hilfe bitten. Ist es nicht so? Aber verrechne dich nicht! Die Meinung der Menschen kann sich sehr schnell gegen einen wenden — und hier im Moor ist das doppelt so schlimm!"

Sie antwortete noch immer nicht, sondern beobachtete ihn und alle seine Bewegungen wachsam. Aber er ging gemächlich weiter.

„Ich weiß schon — ich hab dich vorhin durch meine Art ein wenig erschreckt", fuhr er nach einer Weile fort. „Aber als ich dich sah, ist etwas über mich gekommen. Man sieht hier Tag für Tag die gleichen Gesichter — eines langweiliger und ermüdender als das andere. Ich gestehe, im ersten Augenblick hab ich in dir so etwas wie eine verkappte Kanaille vermutet. Und ich wünschte, daß es so wäre! Jawohl — ich möchte, daß du irgend etwas angestellt hast und daß dich das Gewissen quält."

Sie merkte an der Heftigkeit seiner Rede, daß wieder die Leidenschaft in ihm aufloderte — wild und gefährlich. Und die Angst ergriff sie von neuem.

„Oder ist es gar wirklich so?" fragte er lauernd.

„Nein!"

„Warum bist du dann ins Moor geflohen? War es eine unglückliche Liebschaft?"

„Ein Unglück — ja. Mehr kann ich nicht sagen!" Es klang in ihrer Stimme ein Ton, der ihn zum Schweigen brachte.

Sie gingen weiter über die endlose Ebene. Die Nacht hielt sie nun dicht umschlossen.

„Die Welt ist wie ein sausendes Rad; wenn man sich nicht festkrallt, wird man hinausgeschleudert und geht verloren“, begann er nach einer Weile, ohne den Blick vom Boden zu heben. „Ich bin auch so ein Verlorener. Jawohl! Aber erschrick jetzt nicht gleich wieder“, fügte er hinzu, als er bemerkte, daß sie ihre Schritte verzögerte. „Ich weiß schon, was die Leute über mich denken, was sie reden und lügen. Ich bin der schwarze Marzell, der Einarmige, dem man besser aus dem Weg geht. Man hat sogar schon bezweifelt, daß die Jul meine Mutter ist, weil sie eine andere Art hat und sich viel besser in die Gemeinschaft eingliedern konnte. Aber ich kann mich nicht eingliedern — und ich will es auch nicht! In die Welt kann ich freilich nicht zurück. Warum? Weil die Tür hinter mir zugefallen ist. Und so suche ich in diesem vergessenen Land herum und finde nichts . . .“

Wieder hielt er inne, ohne sich darum zu kümmern, wie sie sein Gerede aufnahm. Dann fuhr er im gleichen Ton fort:

„Ich hab die Welt in allen Höhen und Tiefen erlebt; ich kenn die Menschen, alle ihre Süchte und Begierden!“ Dann lachte er rauh und verächtlich auf. „Schuld! Schuld hat wohl nur der, den sein Glück auf einige Zeit verlassen hat! Ich bin als Matrose auf dem Meer gefahren, ich hab Kohle aus der Erde geholt und Marmor aus dem Berg gesprengt. Dabei hab ich den Arm verloren — und einmal auch, ganz kurz nur, den Kopf. Aber das hat genügt, um mich aus der Bahn zu werfen. Jetzt sitz ich hier im Moor — jenseits der Welt — und kann nicht mehr zurück!“ Noch einmal schwieg er, und dann fuhr er leiser fort: „Ich wundere mich selbst darüber, daß ich dir das alles erzähle. Du willst es wohl gar nicht hören. Aber du bist mir sympathisch, Mädchen. Als ich dich sah, da war mir, als wär ein neuer Stern aufgegangen, zu dem ich mich hinwenden muß. Es kümmert mich wirklich nicht, was du ausgefressen hast. Nur dein Schweigen hat mich ein wenig in Wut gebracht!"

Jetzt war er still. Der Kopf war noch immer zur Erde geneigt, als fürchte er, die Spur des Weges zu verlieren. Seine Schritte stampften in stetigem Rhythmus vorwärts. Wie ein unbehauener Klotz ragte seine robuste Gestalt in der Dunkelheit vor ihr auf.

Man mußte sich wirklich fürchten vor ihm, obwohl er auch ganz manierlich sprechen konnte. Zweifellos war er ein Gestrauchelter, den sein Gewissen quälte.

„Ich würde dir vielleicht noch mehr sagen, wenn du mich danach fragen würdest — mehr als der Jul, meiner Mutter! Aber es ist gut, wenn du nicht fragst. Du willst mir ja auch nicht bekennen, was mit dir los ist. Da hast recht — was geht es mich an?"

Sie spähte in die Nacht hinein in der Hoffnung, das Licht von Frohlanders Haus würde aus der Finsternis auftauchen. Aber sie sah immer noch nichts als die heimtükkische Dunkelheit. Der Weg wand sich durch dichtes, raschelndes Gestrüpp. Manchmal glaubte sie, von unsichtbaren Wesen begleitet zu werden — so lebendig war es bisweilen an der Böschung.

„Sag wenigstens, daß du mich hörst", sagte er plötzlich, „wenn du mich nicht begreifst!"

Sie war erschrocken.

„Ich hab schon zugehört. Macht das denn was aus?"

Er antwortete nicht mehr. Gleichmäßig stampfte sein Schritt dahin, und die Räder des Karrens mahlten im Kies.

Plötzlich blieb er stehen und setzte den Karren ab.

Sie wich zurück. Sein unberechenbars Wesen und seine verhaltene Leidenschaft jagten ihr immer von neuem Angst ein.

„Wir sind über den Strupp", sagte er in ganz verändertem Ton. „Nach der nächsten Biegung sieht man bereits das Licht von Frohlanders Haus. Du kannst dich jetzt nicht mehr verlaufen." Sein Blick suchte ihr Gesicht. „Für deine Furcht kannst du nichts, weil du mich ja nicht kennst. Und die Leute haben dir allerlei über mich erzählt. Aber verachten sollst du mich nicht! Und jetzt — gute Nacht!"

Ehe sie sich noch von ihrer Überraschung erholt hatte, war er schon verschwunden.

Sie horchte noch eine Weile auf seinen verklingenden Schritt; dann griff sie nach dem Karren und zog ihn langsam den Weg entlang weiter. Was war nur geschehen? Schon während ihres langen Schweigens hatte sie die Furcht vor dem schwarzen Marzell mehr und mehr verloren. Auf einmal war er ihr so bedrückt, so niedergeschlagen vorgekommen. Jetzt spürte sie beinahe Mitleid mit diesem einsamen und von allen unverstandenen Mann.

Aber da dachte sie wieder an seine zügellosen Reden, seine leidenschaftlichen Blicke und das heimtückische Lauern in seinem ganzen Wesen. Nein, ein zweites Mal würde sie nicht mehr zur abendlichen Stunde sein Haus betreten. Sie würde es daheim sagen und Frohlander bitten, daß er sie nicht mehr ins Wirtshaus vom Graben schicken sollte.

Plötzlich blieb sie erschrocken stehen und war zu keiner Bewegung fähig: Eine Gestalt stand vor ihr auf dem Weg.

„Erschrecken Sie nicht!" sagte eine Männerstimme. „Ich bin nur der Lehrer vom Moor."

Jetzt strömte das Leben in sie zurück. Hans Mohr! Er kam heran.

„Wir haben uns nicht mehr gesehen", sagte er. „Man hat Sie also aufgenommen im Grünland; ich hab mich darüber sehr gefreut."

Er nahm den Karren und zog ihn weiter.

„Sie gestatten doch, daß ich ein wenig helfe, nicht wahr? Sie wundern sich wohl über den Zufall, der uns da mitten in der Nacht zusammenführt. Aber es ist gar kein Zufall. Ich hab gesehen, wie Sie über den Strupp gegangen sind; ich war hinten am Hexenteich. Ich wußte, daß der Wirt Sie aufhalten würde, bis die Nacht kam, und daß er dann mit Ihnen gehen würde. Ich traue dem Kerl nicht, und deshalb bin ich Ihnen gefolgt. Ich war immer in der Nähe. Er hat Ihnen doch nichts getan?"

„Nein."

„Dann haben Sie Glück gehabt. Aber ich darf mich doch weiter ein wenig um Sie kümmern, nicht wahr?"

„Ja, das dürfen Sie — und ich danke Ihnen!"

Er fragte nach ihrem Ergehen bei der neuen, ungewohnten Arbeit und spürte die Zufriedenheit in ihren Antworten.

Munter plaudernd kamen sie bei dem einsamen Haus an.

„Heute hab ich in der Ferne die Kirche mit dem Türmchen gesehen", sagte sie. „Wenn ich sonntags Zeit habe, möchte ich sie einmal besuchen und näher anschauen."

„Dann kommen Sie auch auf einen Sprung in die Schule; sie ist gleich nebenan."

Sie versprach es. Seine Gesellschaft tat ihr sehr wohl. Wie schon bei ihrer ersten Begegnung spürte sie in sich wieder jenes Gefühl eines tiefen Vertrauens zu ihm.

## 4

In streng geregelter Ordnung lebten die Menschen im Grünland. Matthias Frohlander achtete sehr auf die Einhaltung von Sitten und Gepflogenheiten, die ihm für eine angesehene Familie notwendig erschienen. Zur festgesetzten Minute wurde am Morgen aufgestanden und am

Abend zu Bett gegangen, und pünktlich nahm man die Mahlzeiten ein. Alles, was der Alltag forderte, mußte genau zur rechten Zeit geschehen. Und in diese Ordnung gehörte auch der sonntägliche Kirchgang.

Schon in aller Frühe brachen sie auf und wanderten über das Moor hinüber nach Vierlinden. Voraus ging Frohlander — allein und schweigsam. Er brauchte keine Unterhaltung; seine Gedanken beschäftigten ihn vollauf. Nicht einmal das Glucksen im Gestrüpp und die Lockrufe der Wildhähne, die im Geäst der Birken und Kummerföhren saßen, konnten ihn ablenken. Er griff mit seinen Schritten mächtig aus, so daß die anderen Mühe hatten, ihm im immer gleichen Abstand zu folgen.

Martin ging mit den beiden Mädchen, und alle drei plauderten miteinander, um sich den Weg zu verkürzen.

Später, als das Dorf schon breit vor ihnen lag, bogen weitere Menschen auf ihren Weg ein; sie kamen aus den entlegenen, verborgenen Heimstätten des Moores.

Josi spürte die Müdigkeit in allen Gliedern, als sie in die Kirche von Vierlinden hineingingen und ins Gestühl traten; Martin nahm irgendwo bei der Jugend Platz.

Josi hätte sich gern gesetzt, aber sie wagte es nicht. Der strengen Ordnung Frohlanders auch beim Gebet mußte sie sich fügen. So stand sie nun unter lauter fremden Menschen — in einer Welt, die von ihrem gewohnten Leben so weit entfernt war wie ein Stern von dem anderen. Sie schaute in die harten Gesichter, auf die schrundigen Hände, die gefaltet auf dem Gesims lagen — und sie spürte die Kargheit im schlichten Leben dieser Menschen. Sie sah die brennenden Kerzen und roch den Weihrauch, sie betrachtete die Bilder am Deckengewölbe, sie hörte die Predigt des alten Pfarrers und folgte der Handlung am Altar. Alles hatte sich unverrückbar zusammengeschlossen zu einer umfassenden Einheit. Jeder fügte sich in das Ganze als Glied eines streng geformten Gemeinwesens.

Sie mußte sich erst daran gewöhnen. Zunächst dachte sie mit heimlichem Schauer daran, daß dies Sonntag für Sonntag so sein sollte.

Nach dem Gottesdienst folgte sie ihren Leuten hinaus auf den Friedhof und stand mit ihnen noch eine Weile an der Grabstätte der Familie. Ein welker Kranz lag noch auf dem Grabhügel, und Frohlanders Blick ruhte mit tiefer Trauer darauf, bis er dann plötzlich in den Weihwasserkessel griff und den Hügel besprengte.

Dann kehrten sie heim. Überall auf den Straßen gingen oder standen Menschen. Der Tag war heiß und schwül geworden; Josi mußte ihre ganzen Kräfte zusammennehmen, um mit den anderen Schritt zu halten.

Ehe sie den Weg übers Moor einschlugen, schlossen sich ihnen die Leute vom Riedhof an, der Bauer, die Bäuerin und zwei stämmige Söhne. Sie waren alle weggewohnte, kräftige Einödleute, die ganz selbstverständlich und ohne Ermüdung dahingingen. Und Josi mußte mit. Niemand kümmerte sich um sie. Tapfer folgte sie ihnen, und sie brachte es sogar noch fertig, mit Martin zu scherzen, der sich zu ihr gesellte, als alle anderen, auch Monika, bei den Nachbarsleuten Anschluß gefunden hatten.

Nero, die Tigerdogge, war allein daheim geblieben. Man hatte ihn an die lange Laufkette angeschlossen, so daß er um das ganze Haus herumlaufen und es schützen konnte, falls sich während der Abwesenheit der Menschen etwa ein ungebetener Gast dem Hof nähern sollte. Der Hund empfing sie mit einem Freudengebell; seine stürmische Begrüßung galt vor allem der Magd, die ihn auch gleich von der Kette befreite und über den Hofraum jagen ließ.

Nach dem Mittagessen wurden Küche und Haus aufgeräumt. Dann ging Monika zum Riedhof, und sie nahm Martin mit.

Matthias Frohlander zog sich in die kühle Wohnstube zurück. Er hatte verschiedene schriftliche Arbeiten zu erledigen, und dann wollte er sich auf dem Ledersofa ausruhen. Er hatte kein Verlangen nach Kurzweil und Gesellschaft.

Die Menschen im Moor waren vergleichbar mit Wesen, die man kaum zu Gesicht bekam. Wenigstens schien es so, als lebten sie wie Mäuse im Verborgenen oder unter der Erde. Das kam daher, daß ihre Siedlungen weit verstreut lagen, und ihre Zahl war gering im Verhältnis zu der Weite des Raumes. Der Boden war eben wenig fruchtbar, und seine Bearbeitung versprach wenig Gewinn. Sie lebten fast alle vom Torfstich, von der Schafzucht und vom Anbau von Korn auf der neugewonnenen kargen Krume.

An den Werktagen sah man zuweilen Schäfer über das dürftige Grasland ziehen, und hier und dort erblickte man einen Bauern im sumpfigen Grund, der mit krummem Rücken Torf stach. Seine Frau half ihm dabei; sie karrte die gestochenen Wasen vom Graben weg und legte sie zum Trocknen aus. Sie waren alle von demselben Schlag, diese Männer und Frauen: hagere Gestalten, durch mühselige Arbeit abgerackert.

Und auf den einsamen, gewundenen Wegen sah man zuweilen ein paar Kinder, den Ranzen auf dem Rücken, zur Schule wandern.

Natürlich waren diese Leute in ihren Ansprüchen an das Leben äußerst bescheiden. Sie kannten nur ihre Arbeit und ihre Sonntagsrast. Schon der sonntägliche Besuch des Wirtshauses zählte zu den kostspieligen Vergnügungen, die sich eigentlich nur die jungen Leute leisten konnten, weil sie noch für niemanden zu sorgen hatten. Vormittags ging man nach Vierlinden zur Kirche, und am Nachmittag trafen sich dann einige Burschen im Wirtshaus vom Graben zu Kartenspiel oder harmloser Unterhaltung.

Dann hob der schwarze Marzell jeweils ein Faß auf den Bock und zapfte es an.

Es gab nicht immer eine Neuigkeit, über die gesprochen werden konnte; deshalb wurde das wenige auch mit Gründlichkeit diskutiert.

An diesem Sonntag unterhielt man sich über das neue Gesicht, das aufgetaucht war. Man hatte vormittags beim Kirchgang ein ganz auffällig gekleidetes junges Frauenzimmer bei den Frohlander-Leuten gesehen. Es hatte so wenig zu den übrigen gepaßt wie etwa eine Goldamsel in einen Krähenschwarm. Es war kein Wunder, daß allenthalben hin und her geraten wurde, welche Bewandtnis es mit diesem Mädchen haben könnte. Hatte der Frohlander eine städtische Verwandte zu Besuch?

Der schwarze Marzell wußte Bescheid, aber er hatte keine Eile, die Neugierde der Burschen zu befriedigen. Er amüsierte sich über ihre Erwägungen und lachte über das eifrige Interesse, das alle dem fremden Mädchen entgegenbrachten.

An dem Tisch saßen lauter junge Burschen mit derben, sonnengebräunten Gesichtern — Menschen, die noch kaum über die Gemarkung ihres Heimatsprengels hinausgekommen waren. Das fremde Mädchen schien ihre Gefühle aufgerüttelt zu haben.

„Dem Frohlander ist eine Magd zugelaufen", sagte der Marzell jetzt so bedeutungsvoll, als hätte er den höchsten Trumpf ausgespielt.

„Da staunt ihr wohl, was?" fuhr er fort, als sich ihm die Gesichter verwundert zuwandten. „Aber es ist schon so. Der Teufel mag wissen, warum sie sich im Moor zu verstecken sucht. Laßt also die Hände davon!"

„Es ist doch eine aus der Stadt", antwortete jetzt ein Bursche. „Was tut der Frohlander mit so einer als Magd?"

„Was weiß ich? Vielleicht hat sie ihm schöne Augen gemacht."

Da brachen alle in ein grölendes Lachen aus. Ausgerechnet der nüchterne, finstere Frohlander sollte sich von schönen Frauen betören lassen!

„So lächerlich ist das nicht", sagt der Einarmige. „Er ist auch nur aus Fleisch und Blut wie wir alle. Und so alt ist er auch noch nicht, daß das Weibliche keinen Eindruck mehr auf ihn machen könnte. Im Gegenteil: Er ist im gefährlichsten Alter!"

Wieder antwortete ihm ein schallendes Lachen.

„Aber er wird eines Tages Augen machen, der arme Frohlander! Ich hab so einen Blick dafür. Solcherlei Schönheiten sind gefährlich. Wir werden's ja erleben, was sie anrichtet. Drum gebt nur acht, daß keiner nach diesem Köder schnappt; er bleibt unweigerlich hängen!" Nun lachte auch der Marzell.

„Das wärst doch höchstens du selbst", spottete einer der Burschen.

„Ich? Nein. Wenn ich mir etwas nehme, dann muß ich wissen, was es ist. In allen Weibern steckt ein Teufel. Und je schöner das Gesicht, desto größer der Teufel!"

Die Jul hatte bis jetzt vom Ecktisch her, wo sie mit einer Handarbeit beschäftigt saß, schweigend zugehört. Aber nun wurde ihr die Geschichte doch zu bunt. Sie ließ ihre knochige Hand auf den Tisch fallen.

„Aber jetzt ist Schluß!" rief sie. „Habt ihr denn nichts anderes zu reden? Laßt doch das Mädchen in Frieden! Wer weiß, was mit ihr ist!"

„Ins Moor geht man nur dann, wenn einem draußen der Boden unter den Füßen zu heiß geworden ist", erwiderte trotzig der Marzell.

„Das könnt man von dir auch sagen!" antwortete zornig die Mutter.

Da schwieg der Einarmige. Er ging zum Schanktisch, und die anderen lachten hinter ihm her.

„Los!" rief jetzt einer der Burschen und mischte die Karten. „Was geht uns die Magd Frohlanders an? Die Gendarmen kriegen sie schon, wenn sie ein Luder war!"

Josi stand eine Weile am Fenster ihrer Kammer und schaute über das weite, öde Land. Sie sah das müde Flimmern in der Luft. Die Stille des Hauses und die unendliche Einsamkeit dieser sonntäglichen Stunden brachten ihr das ganze Elend ihres Schicksals wieder zum Bewußtsein. Eine tiefe Schwermut überwältigte sie. Und plötzlich stieg in ihr das heiße Verlangen nach einem Menschen auf, nach einem ermutigenden, gütigen Wort. Sie ging die Stiege hinab, näherte sich der Stubentür und klopfte leise an.

„Herein!" rief Frohlander, und sie trat zaghaft ein.

Matthias Frohlander saß am Tisch und schaute ihr fragend entgegen. Sie sah sein düsteres Gesicht und dachte an die harten Schläge, die das Schicksal ihm erteilt hatte. Vielleicht hatten die grauen Augen einmal ganz anders unter den buschigen Brauen hervorgeschaut, als noch Hoffnung und Zuversicht sein Leben überstrahlt hatten.

„Was ist?" fragte er. „Ich weiß schon — es ist dir zu still heut, zu einsam im Haus. Das kennst du noch nicht. Aber es ist nun mal so bei uns. Ich kann's nicht ändern."

„Ich wollt nur fragen, ob ich ein wenig fortgehen darf, hinab ins Moor, vielleicht bis zur Kirche im Graben."

„Schön — wenn dir das nicht zu weit ist. Es wird heut ein Gewitter geben."

Sie sah ihn ungläubig an.

„Ein Gewitter?"

„Noch sieht man freilich keine Wolken. Aber ich erkenne es am Himmel und an der Luft. Du mußt also achtgeben, damit du nicht von einem Unwetter überrascht wirst."

Sie dankte und ging in ihre Kammer zurück, um ein leichtes Kleid anzuziehen. Wenn es auch für eine Magd nicht gerade passend war, so wollte sie doch wieder einmal in gewohnter Kleidung erscheinen. Ja, sie wollte wieder ein Mensch sein, frei von allem Zwang, und wenn es nur für ein paar Stunden wäre.

So verließ sie das Haus und ging zum Moor hinab.

Eine sengende Hitze lag auf dem Filz. Kein Mensch war weit und breit zu sehen.

Als sie am Wirtshaus vorbeikam, warf sie einen Blick auf die vergitterten Fenster. Sie sah niemand. Nicht einmal der faule Hund lag heute vor der Tür. Auch ihm war es wohl zu heiß geworden in der Sonne.

Sie betrachtete forschend den Himmel. Noch war kein Wölkchen zu sehen. Sie konnte sich nicht vorstellen, woher da ein Gewitter kommen sollte. Freilich, die Luft war schwül und benahm einem fast den Atem. Der Schweiß perlte ihr im Gesicht und auf den nackten Armen.

Sie war froh, als die Kirche näherrückte. Es war nur ein mit Teer verstrichener Holzbau mit schmucklosen Fenstern. In dem kleinen Turm hing eine Glocke. Vor dem Eingang standen ein paar Birken und in ihrer Mitte ein mächtiges, rohgezimmertes Kreuz. Ganz in der Nähe stand ein breiter Barackenbau mit zahlreichen Fenstern. Man hätte auch ohne die Aufschrift über der Tür erraten, daß es die Schule war. An einem kleineren neuen Anbau sah sie das erstemal wieder Vorhänge an den blankgeputzten Fenstern — und auch das Grün von Topfpflanzen. Es war offenbar die Wohnung des Lehrers.

Sie ging in die Kirche. Sie war verlassen und leer, aber mit ihrer Schlichtheit erweckte sie ein Gefühl der Geborgenheit in Josi. Vor dem mit Blumen geschmückten kleinen Altar brannte das ewige Licht, und zwischen den Fenstern hingen verblichene Bilder von der Kreuzigung, die wohl aus irgendeiner Stiftung stammen mochten. Die Luft roch nach warmem Holz und modriger Feuchtigkeit.

Josi setzte sich in einen der einfachen Betstühle und versuchte sich bescheiden-demütig in Gottergebenheit hineinzufinden. Es war unendlich still; nur das Gezwitscher der Vögel drang von draußen herein.

Nun konnte sie ungestört ihren Gedanken nachhängen. Sie blickte auf ihre Hände hinab, an denen sich die Schrunden und Schwielen harter Arbeit zeigten. Sie suchte nach dem Quell der Kraft, die sie alle Erniedrigung und alle Härten eines solchen Lebens überwinden ließ — die stärker war als Heimweh und Furcht vor den Menschen.

Als sie eine Weile so dagesessen hatte, ging leise die Tür. Aber sie schaute sich nicht um. Sie fühlte nur, daß irgendwo hinter ihr jemand stand. Sie hörte nichts von ihm — nicht einmal den Atem —, und doch störte seine Anwesenheit sie in ihrem Sinnen. Deshalb stand sie auf, schlug ein Kreuz und ging zur Tür.

Jetzt begegnete ihr Blick jenem anderen Kirchenbesucher, der in der Nähe der Tür stand; es war Hans Mohr.

Als sie ihn sah, überkam ihr Gemüt wieder jene Ruhe und friedliche Ausgeglichenheit, die seine Anwesenheit immer auf sie ausstrahlte. Sie erwiderte sein Lächeln.

„Ich freu mich sehr, daß Sie gekommen sind", sagte er, „ich hab schon gefürchtet, daß ich umsonst auf Sie warten würde."

„Sie haben auf mich gewartet?"

„Natürlich."

„Frohlander hat gemeint, daß ein Gewitter kommen könnte."

„Es ist möglich — aber darüber vergeht der Tag."

Sie gingen hinaus, blieben im Schatten der Birken stehen und schauten zum Himmel empor. Am Horizont war ein dünner Dunstkreis aufgestiegen.

„Ich habe Sie kommen sehen, und ich wollte nicht, daß Sie wieder davongehen, ohne bei mir anzuklopfen", gestand er. „Darf ich Ihnen die Schule zeigen?"

Sie war einverstanden und folgte ihm zu seinem Haus.

„Sie haben doch nicht etwa meinetwegen auf das Angeln verzichtet?" fragte sie.

„Damit ist es sonntags nichts. Gegen Abend hab ich Feiertagsschule — zwei Stunden jeden Sonn- und Feiertag. Man hat es hier der Umstände wegen so eingerichtet."

„Dann müssen Sie heut noch arbeiten?"

„Ja."

Sie folgte ihm in einen breiten Gang und von dort in die geräumige Schulstube.

Wie bescheiden der Raum eingerichtet war! Sie sah rohgezimmerte Schulbänke mit je vier Sitzen in zwei Reihen, getrennt durch den Gang in der Mitte. Davor stand ein Katheder, belegt mit Büchern und Stößen von Heften. Eine Tafel stand auf den Zapfen eines brüchigen Gestells.

Das einzige Schöne und Bemerkenswerte waren die Anschauungsbilder an der Wand, Landschaften, heimatliche Bauernhöfe, Städtebilder und Tierdarstellungen.

Aufmerksam betrachtete sie Bild nach Bild. Er stand dabei und freute sich offensichtlich über ihr Interesse.

„Gefallen Ihnen die Bilder?"

„Ja, sie sind gut. Ich wundere mich, daß man so etwas hier findet. Ich glaub, die größten Schulen verfügen kaum über soviel gutes Anschauungsmaterial."

„Das ist möglich. Ich habe die Bilder selbst gemalt."

„Alle Achtung! Sie sind ja ein Künstler!"

Er wehrte bescheiden ab.

„Womit soll ich sonst die Wintertage verbringen, an denen ich nicht im Moor herumstreifen kann?"

Sie stellte sich an das Katheder und blickte über die Schulstube hin, als wollte sie einen Eindruck von dem Ganzen gewinnen.

„Ich hab lange über Ihren Namen nachgedacht", sagte er; „er kam mir so bekannt vor. Später fiel mir dann ein, daß ich im Seminar einen Klassenkameraden dieses Namens hatte. Er hat aber dann weiterstudiert und strebte dem höheren Lehrfach zu. Er hat es weiter gebracht als ich, denn bei einem Treffen erfuhr ich, daß er heute Direktor einer landwirtschaftlichen Schule ist."

Sie sah ihn nicht an, aber auf ihrem Gesicht spiegelte sich unverkennbar ein Erschrecken — eine Spannung, die sie hinter ihrem Schweigen zu verbergen suchte.

Aber er schien es nicht zu bemerken.

„So sieht also eine Schule im Moor aus", sagte er und gab dem Gespräch damit eine andere Wendung. „Sehr anspruchslos, nicht wahr? Aber man kann sich auch daran gewöhnen."

Dann führte er sie in seine Wohnung.

Sie betraten ein geräumiges Zimmer mit hübschen Möbeln. Grell fiel der Sonnenschein durch das Fenster. Er zog die Gardine zu, um den Raum gegen die Hitze abzuschirmen.

„Bitte ruhen Sie sich ein bissel aus!" sagte er und bot ihr Platz an. „Darf ich Ihnen etwas zur Erfrischung bringen?" Er wartete ihre Antwort nicht ab, sondern ging hinaus, um das Getränk zu holen.

Sie sah sich im Zimmer um und ließ die Anmut und friedliche Behaglichkeit dieser Wohnung auf sich einwirken. Sie betrachtete die schönen Bilder an den Wänden und warf einen Blick in den Bücherschrank, der mit Werken der Klassiker und der neuen Literatur angefüllt war. Man merkte, daß dieser Mann die stille Arbeit und Besinnlichkeit liebte; er hatte Sinn für ein heimeliges Wohnen. Das offenbarten auch die buntgestickte Decke auf dem Tisch und die duftigen Vorhänge an den Fenstern. Sogar ein Klavier war da, und darüber hing an der Wand eine Geige.

Als Hans Mohr mit den Getränken zurückgekommen war und sie sich beide daran erfrischt hatten, brach aus ihr plötzlich alle mühsam niedergehaltene Sehnsucht hervor. Sie sah in diesem Mann einen Gefährten von der anderen, schöneren Seite ihres Lebens. Sie legte alle Scheu ab, ging zum Klavier hin und schlug den Deckel auf.

„Darf ich?“ fragte sie.

„Natürlich!“

Er war fast gleichzeitig aufgestanden — ein wenig bestürzt über die plötzliche Wandlung ihrer Stimmung.

Da spielte sie schon. Er schaute auf ihre schlanken, von der Arbeit zerschundenen Finger, die geschult und vertraut in die Tasten griffen, Akkorde formten und schließlich eine Melodie bildeten, die ihr aus dem von Heimweh und Leid zerquälten Herzen aufstieg. Es waren Liszts „Liebesträume“.

Da griff er nach der Geige, stimmte die Saiten nach und begann die Melodie mitzuspielen. Unversehens gerieten sie in ein gemeinsames Musizieren; sie vergaßen Ort und Stunde und fühlten nur den Einklang ihrer Herzen im Glück dieses gemeinsamen Musizierens.

Es folgten die Romanzen von Beethoven; dann spielten sie Chopin und Brahms. Hans Mohr hatte eine Menge Noten, ausgesuchte Perlen der Musik, die Josi alle kannte und gut spielte.

So verging Stunde um Stunde. Sie merkten nicht, daß sich ein Gewitter zusammenbraute, sie sahen nicht, daß keine Sonne mehr schien, und sie hörten nicht, wie draußen ein Wind aufkam.

Erst als im Haus das Poltern von Schritten ertönte, brachen sie überrascht das Musizieren ab.

Hans Mohr schaute auf die Uhr.

„Tatsächlich! Wo ging die Zeit nur hin? Es sind schon die Schüler!“

Sie eilte ans Fenster, zog den Vorhang zurück und sah das schwarze Gewölk, das sich wie eine Wand über den Horizont zog.

„Das Gewitter!" rief sie erschrocken und machte sich eilig für den Heimweg fertig.

Auch er betrachtete forschend den Himmel.

„Bitte, bleiben Sie! Sie kommen nicht mehr heim, ehe das Unwetter losbricht!"

„Nein, ich muß heim! Sie wissen nicht, wie streng der Frohlander auf Ordnung achtet!"

„Unsinn! Sie laufen jetzt in ein Gewitter hinein! Ich kann Sie nicht einmal begleiten, weil ich Schule halten muß. Bleiben Sie hier, bis es vorbei ist, oder wenigstens so lange, bis ich den Unterricht beendet habe!"

„Nein, ich komm vielleicht doch noch heim. Ich muß eben schnell gehen."

Er konnte sie bitten und beschwören, soviel er wollte, sie ließ sich nicht halten. Sie wagte es nicht, die Ordnung von Frohlanders Haus zu durchkreuzen. Eilig verabschiedete sie sich von ihm und stürmte davon.

„Nehmen Sie wenigstens meinen Mantel!" rief er ihr nach, als er sie in ihrem schönen Kleid davoneilen sah. Aber sie achtete nicht mehr auf ihn.

Die Landschaft lag jetzt in der Düsternis des schwindenden Lichtes; ein frischer Wind wehte über das Moor und vertrieb die Schwüle der Luft. Das waren zunächst die einzigen Anzeichen des nahenden Gewitters; noch war kein Donner zu hören.

Kleine Gruppen von halbwüchsigen Burschen und Mädchen kamen aus der Weite des Moores und liefen auf die Schule zu. Bald würde niemand mehr zu sehen sein.

Wildenten und andere Vögel segelten durch die Luft zu ihren Verstecken hin.

Josi dachte an den schönen Tag, den sie heute erlebt hatte, und an den Mann, der in seinem einsamen Schulhaus ein so stilles, bescheidenes Dasein führte und doch reich war durch die Schätze der Kunst, die sein Leben beglückten. Sie hatte ihm nicht einmal gedankt für die Stunden, die er ihr heute geschenkt hatte, für das Glück der Entrücktheit aus dem leidvollen Zwang ihres Lebens. Das fiel ihr nun ein, aber im Schrecken vor dem plötzlich drohenden Gewitter hatte sie an nichts anderes mehr gedacht als an die Notwendigkeit eines schnellen Aufbruchs.

Was mußte er nun von ihr denken? Die Magd des Gärtners Frohlander spielte Liszt, Chopin und Brahms! Sie ließ sich die Schule zeigen und benahm sich so, als könnte sie sachkundig urteilen über den Stand dieser anspruchslosen einklassigen Landschule!

Was war das mit ihrem Namen gewesen? Sie war zutiefst erschrocken, als er davon sprach. Er konnte damit nur ihren Bruder gemeint haben. War es möglich, daß die beiden zusammen in einer Klasse gewesen waren? Freilich — sein Alter ließ sich nicht ganz einfach bestimmen. Sein sonnengebräuntes, naturhaftes Jungengesicht mochte täuschen.

Sie schrak aus ihren Gedanken auf. Der erste ferne Donner rollte dumpf über die Ebene.

Da fing sie an zu laufen. Sie war nun schon so weit von Kirche und Schule entfernt, daß ein Zurückflüchten nicht mehr möglich war. Der Wind wurde heftiger, und das finstere Grollen des Donners rückte näher.

Vielleicht hätte sie noch das Wirtshaus vom Graben erreichen können, ehe der Regen losbrach, aber das wollte sie nicht. Lieber würde sie querfeldein durch das Gestrüpp laufen und in einer Torfhütte Schutz suchen.

Sie kam nicht mehr weit. Nach einem mächtigen Donnerschlag schlugen ihr die ersten Tropfen ins Gesicht. Wie eine graue Schleppe hing der Regenvorhang an dem schwarzen Wettergewölk. Ein Sturm brach los und johlte durch die Stauden und Büsche, warf sich ihr entgegen und zerrte an ihrem dünnen Kleid. Nun mußte sie Schutz suchen, und sie lief auf eine Torfhütte zu, die aus dem Wildgestrüpp des Moores auftauchte. Sie erreichte sie gerade noch — und dann stürzte die Regenflut wie aus offenen Schleusen auf die Erde herab.

Ganz plötzlich war es dunkel geworden. Der Sturm rüttelte an den Wänden der Hütte und warf sich dagegen, daß das Gebälk krachte. Auf das schadhafte Dach prasselte der Regen herab, rann durch die Löcher und platschte auf den Boden.

Sie mußte immer wieder ihren Standplatz wechseln. Blitze zuckten und flammten oft wie feurige Schlangen sekundenlang in der Finsternis des Himmels. Wenn sie in der Nähe in das Erdreich einschlugen, zitterte der Boden unter ihren Füßen. Vielleicht würde auch ein Blitz in die Hütte fahren. Sie hatte Angst davor, daß man sie morgen finden könnte, vom Blitz erschlagen — die heimatlose Magd des Gärtners Frohlander.

Sie spürte das Wasser, das ihr ins Gesicht spritzte und sie übersprühte. Das Kleid klebte feucht und schwer an ihrem Körper. Sie fing zu frösteln an vor Kälte und Angst.

Und da hörte sie plötzlich ein meckerndes, krächzendes Lachen hinter sich. Erschrocken fuhr sie herum, und im dunklen Winkel sah sie ein menschliches Wesen, das offenbar ebenfalls hier Schutz gesucht hatte. Erst nach und nach erkannte sie, daß es ein altes Weib war. Sie mußte immer darauf warten, bis wieder ein Blitz aufleuchtete, um die Gesichtszüge unterscheiden zu können. Es war ein knochiges, runzliges Gesicht mit einer übergroßen, gekrümmten Nase und grünschimmernden Augen. Es war wie das Gesicht einer Hexe im Märchen. Auch die Kleidung paßte zu der Erscheinung: ein weiter Rock, der so lang war, daß er hinten den Boden berührte, ein fadenscheiniger Kittel und auf dem Kopf ein unter dem Kinn geknüpftes Tuch, das die Stirn verhüllte.

Josi wußte nicht, ob sie sich mehr vor dem Gewitter oder vor der Alten fürchten sollte. Sie hätte es gewiß tröstlich empfunden, nicht ganz allein in der Hütte ausharren zu müssen, wenn es ein anderer Mensch gewesen wäre, der den Raum mit ihr teilte. Aber dies war ein unheimliches Weib, das bei jedem Donnerschlag, der die Erde erbeben ließ, höhnisch lachte. Wie ein Gespenst hockte es im Winkel der Hütte und schaute mit unheimlichem Blick daraus hervor.

„Wer bist du?“ fragte die Alte plötzlich mit schnarrender Stimme. „Ich habe dich noch nie gesehen. Wohin gehörst du?“

Josi wollte ihr keine Antwort geben, aber sie fürchtete sich.

„Ins Grünland, zum Frohlander“, antwortete sie schließlich kurz.

„Ach ja!“ krächzte die Alte. „Ich hab gehört, daß dem Frohlander eine Magd zugelaufen ist . . .“

Ein heftiger, lange nachrollender Donner übertönte die weiteren Worte. Irgendwo in der Nähe schien ein Blitz in die Erde gefahren zu sein. Josi unterdrückte mühsam einen Schrei.

„Brauchst dich nicht zu fürchten!“ schnarrte die Hexe. „Die Hütte steht schon auf diesem Platz, seit ich denken kann. Sie wird vom Blitz nicht getroffen, weil sie auf keiner der Wasseradern steht, die unsere Erde durchströmen.“

Josi hörte nur mit halbem Ohr auf die weisen Sprüche der Alten. Das Toben des Gewitters, unter dem die ganze Natur erbebte, wurde immer rasender. Josis Angst wuchs. Wer konnte denn sagen, ob nicht schon der nächste Blitzstrahl die Hütte traf?

Die unheimliche Alte schien jedoch von ihrer Ansicht völlig überzeugt zu sein. Sie fand noch Zeit und Ruhe, sich für andere Dinge zu interessieren.

„Die Leute sagen, daß du zu uns ins Moor geflüchtet bist, weil dir der Boden unter den Füßen zu heiß geworden ist", sagte sie mit einem lauernden Unterton in der Stimme. „Wie schnell ist man doch mit einer üblen Nachrede zur Hand!" fuhr sie entrüstet fort. „Besonders unsere Leute vom Moor. Was sie nicht kennen und was ihnen fremd ist, halten sie für sündhaft und schlecht. Dabei hab ich mich überzeugt, daß du so übel nicht ausschaust. Man kann dir keine Schlechtigkeit zutrauen . . ."

Josi schwieg verlegen.

„Brauchst dir nichts zu denken! Der Frohlander ist auch so einer, der sich für unfehlbar hält und stolz ist auf die Unantastbarkeit seines Namens. Er ist nicht besser und schlechter als die anderen Menschen auch. Aber reich ist er, und da läßt sich leicht die Tugend bewahren!" Die Worte drangen höhnend aus dem zahnlosen Mund hervor. „Mein Haus liegt da im Filz. Es steht ganz allein. Und doch wissen die Leute soviel über mich zu sagen — mehr, als ich selbst weiß! Das kommt von der Armseligkeit ihres Daseins. Es ist immer dasselbe, was sie sehen oder tun, jahrein und jahraus. Geschieht einmal in ihrem Alltag etwas Ungewöhnliches, dann stürzen sie sich darauf wie ein Schwarm hungriger Krähen."

Mit diesen Reden mochte die Alte nicht so unrecht haben. Josi hätte längst das gleiche empfunden, soweit sie bis heute mit den Leuten vom Moor in Berührung gekommen war. Was sie bei der Alten jedoch abstieß, war das hämische Lachen. Immer wieder schaute sie angstvoll in den nachtschwarzen Winkel der Hütte und sehnte das Ende des furchtbaren Gewitters herbei, damit sie der unheimlichen Gesellschaft entfliehen könnte.

Und dann stand die Alte plötzlich dicht neben ihr, ohne daß sie ihren Schritt gehört hatte.

„Gib mir deine Hand!" sagte sie.

„Nein!" rief Josi entsetzt.

„Wie töricht! Ich tu dir doch nichts! Aber ich könnt dir vielleicht etwas sagen, was für dich von großem Wert ist."

Blitze zuckten und beleuchteten gespenstisch das runzlige Hexengesicht der Alten, die Josis Hand gepackt hatte und festhielt. Gewaltsam drehte sie die Innenfläche der Hand nach oben und suchte im Lichtschein der Blitze darin zu lesen.

„Lassen Sie los!" rief Josi angstvoll.

„Gleich! Ich hab die Linie gefunden. Sie ist gut! Du kannst dich freuen, denn das Schicksal meint es gut mit dir. Es wird alles zu einem guten Ende führen! Bist du zufrieden?"

Da entriß Josi ihr gewaltsam die Hand und trat so weit hinaus unter das vorspringende Dach, daß ihr der Regen ins Gesicht schlug.

„Ob du mir glaubst oder nicht — es ist doch so, wie ich es sag!" hörte sie die schnarrende Stimme hinter sich krächzen. „Ich hab ja nichts davon, und ich will auch nichts dafür. Ich wollt dir nur sagen, daß du den Kopf nicht verlieren sollst! Seh ich denn so bös aus, daß du dich vor mir fürchtest?"

Josi gab keine Antwort.

Die Alte zog sich wieder in den hinteren Winkel der Hütte zurück und blieb dort schweigend stehen. Offenbar war sie gekränkt.

Das Gewitter wütete immer furchtbarer. Josi schien es, als stürze die Welt Stück für Stück zusammen. Und es wollte kein Ende nehmen. Immer noch heulte es in den Lüften, wie wenn eine entfesselte Horde böser Unholde dort tobte, und blauweiß loderten die Blitze durch die Nacht wie höllische Flammenzungen. Es schien, als würden dort draußen alle Bäume und Sträucher hinweggefegt und niedergetrampelt.

Endlich grollte der Donner ferner, aber es regnete immer noch heftig, und auch der Sturm tobte weiter. Obwohl das Gewölk sich langsam aufhellte, blieb es Nacht. Da wurde es Josi klar, daß der Tag längst vergangen war.

Zum erstenmal würde sie nicht rechtzeitig heimkommen, wie es die strenge Ordnung des Hauses verlangte. Sie hatte den Unmut und die Unzufriedenheit Frohlanders herausgefordert. Sein Mißtrauen gegen sie und ihre geheimnisvolle Zuwanderung war ohnedies groß genug. Gewiß schimpfte er jetzt über die hergelaufene Fremde, die er, durch Mitleid bewogen, in sein untadeliges Haus aufgenommen hatte. Sie mußte befürchten, daß er sie heut kurzerhand aus dem Haus jagen würde.

Und in der Hütte saß immer noch die unheimliche Alte. Josi hörte zuweilen ihr krächzendes Räuspern und fürchtete jedesmal, daß sie wieder zu reden anfangen könnte.

Wer war diese seltsame Frau? Warum hatte ihr nie jemand etwas von ihr erzählt? War es gar eine Verrückte? Oder eine Hexe, die Böses im Sinn hatte?

Da ertönte auf einmal wieder das häßliche, meckernde Lachen. Es klang so unheimlich, daß Josi plötzlich davonlief und von der Hütte floh, obwohl der Regen immer noch fiel und kalte Windstöße über die Ebene fegten. Sie hielt die Gesellschaft der unheimlichen Alten einfach nicht mehr aus.

Verzweifelt suchte sie einen Weg hinüber zur Straße. Sie wollte heim. Knietief stand das Wasser in allen Löchern und Rinnen, und es lief ihr in die Schuhe. Der Schlamm saugte sich an ihren Füßen fest und wollte sie in den Sumpf des Moores zerren. Mit aller Kraft stemmte sich Josi gegen den Sturm und kämpfte sich Schritt für Schritt vorwärts, bis sie endlich die Straße erreichte.

Dann aber fing sie an zu rennen, als würde sie von den Geistern der Hölle gehetzt. Sie fürchtete sich vor der Nacht, vor der Unheimlichkeit des Moores, vor dem heulenden Wind — und vor dem Wirtshaus vom Graben, das nun bald auftauchen mußte. Sie hatte Angst vor der Begegnung mit diesem Haus mit seinen lauernden Fenstern, an denen kein Vorhang war — hinter denen jemand stand, der alles sah, was sich auf der Straße bewegte. Aber es gab keinen Umweg; sie mußte daran vorbei.

## 5

Monika und Martin waren gerade noch rechtzeitig vor dem Gewitter vom Riedhof heimgekommen; sie konnten dem Vater helfen, die empfindlichen Pflanzen und die Blumen vor den Unbilden des heraufziehenden Gewitters abzudecken.

Als die ersten Böen losbrachen und den Staub des trokkenen Erdreichs in dunklen Wolken über das Haus und die Gärten trieben, flüchteten sie in die Stube. Während Matthias Frohlander schweigend am Fenster stand und um seine Zucht in der Baumschule und den Plantagen bangte, ängstigten sich Monika und Martin um Josefa, deren Ausbleiben sie sich nicht erklären konnten.

Aber auch Frohlander schien sich um die Magd zu sorgen. Als der Regen niederprasselte, wandte er sich plötzlich vom Fenster ab und schaute düster seine Kinder an.

„Ich hab ihr gesagt, daß sie auf den Himmel achten soll", sagte er zornig. Er konnte es nicht ertragen und ließ keinen Grund dafür gelten, daß ein Hausgenosse die rechtzeitige Heimkehr vergaß.

„Sie ist noch fremd und weiß nicht, wie schnell bei uns die Gewitter aufziehen!" erwiderte Monika mit einem Versuch, die Magd zu verteidigen.

„Vielleicht hat sie im Graben Schutz gesucht", sagte Martin.

„Ein Luder ist sie, dafür hab ich sie von Anfang an gehalten!" stieß Frohlander schroff hervor. „Wer weiß, wohin es sie heut auf einmal gezogen hat! Sicher steckt ein Mannsbild dahinter!"

„Vater!" riefen Monika und Martin zugleich.

Seine harten Worte erschreckten sie mehr als der Donner, der in diesem Augenblick das Haus erbeben ließ, so daß die Fenster noch eine Weile nachklirrten.

Frohlander wandte sich wieder von ihnen ab. Es war nicht zu erkennen, ob er sich seiner Worte schämte oder ob die Wut ihn am Weitersprechen hinderte.

Draußen tobte das Gewitter. Sie spähten ab und zu ins Moor hinüber — aber die Magd kam nicht.

Monika verließ die Stube und ging in die Küche, um das Essen zu bereiten. Aber sie warteten dann noch damit, bis das Gewitter schwächer wurde. Eine unruhige Besorgnis bedrückte sie alle. Der Regen hatte bereits nachgelassen, und die Nacht war nahe, so daß sie die Lampe anzündeten. Josefa kam immer noch nicht.

„Im Moor mag tiefes Wasser stehen!" sagte Monika. „Hoffentlich ist sie nicht vom Weg abgekommen!"

Frohlander schwieg. Nun schien ihn sein wütender Ausbruch von vorhin doch zu reuen; man merkte das an seinem Gesicht. Aber er brachte es offenbar nicht fertig, seine groben Worte zurückzunehmen.

Da stand Martin auf.

„Ich werde nach ihr suchen", sagte er und begann, sich wasserfest anzuziehen.

Der Vater hinderte ihn nicht daran. Sie waren alle froh, daß dieses tatenlose Warten damit ein Ende fand.

„Vielleicht kann sie nicht über den Strupp. Es ist ja schon Nacht", sagte die Monika.

Frohlander schwieg immer noch hartnäckig. Erst als der Junge hinausging, rief er ihm nach:

„Sie wollte zur Kirche im Graben. Nimm den Hund mit!"

Als Martin die Dogge von der Kette ließ, nahm Nero sogleich die Spur der Gesuchten auf, als wüßte er, worum es ging. Da half kein Rufen und kein Befehl; in wilden Sprüngen jagte die große Tigerdogge den Weg zum Moor hinab. Martin vermochte ihr nicht zu folgen und verlor sie bald aus den Augen.

Mit böser Vorahnung hatte sich Josi angstvoll dem Wirtshaus genähert, das hinter den Birken zu lauern schien. Als sie aber dann in keinem der Fenster Licht sah, wurde sie ruhiger. Vielleicht waren Mutter und Sohn schon zu Bett gegangen, oder der Marzell war außer Haus gewesen und von dem Gewitter an der Heimkehr gehindert worden. Trotzdem schlich sie möglichst eilig daran vorbei. Aber da stand plötzlich die klobige Gestalt Marzells mitten auf dem Weg.

Ihr Herz setzte einen Augenblick aus, so heftig erschrak sie. Sie wollte schreien, aber sie brachte keinen Laut hervor.

„Ich hab auf dich gewartet", sagte er. „Denn einmal mußtest du ja den Weg zurückkommen."

„Wieso hast du auf mich gewartet?"

„Ich hab mich gesorgt um dich! Wie ich seh, hat's dich ja auch schlimm erwischt. Du hättest vorsichtiger sein müssen. Die Gewitter bei uns ziehen schnell herauf und sind sehr heftig."

„Ja, das nächste Mal werde ich vorsichtiger sein."

„Du hast dich wohl sehr gefürchtet?"

Sie antwortete nicht, sondern überlegte, wie sie an ihm vorbeikäme.

„Ich hab im schlimmsten Toben des Unwetters nach dir gesucht. Wo hast du denn gesteckt?“

Jetzt sah sie, daß der Mantel, den er trug, vor Nässe troff. Er war barhäuptig, die Haare fielen ihm naß und wirr in die Stirn.

„Ich fand eine Torfhütte.“

„Gut!“ sagte er. „Komm jetzt mit ins Haus; du wirst sonst krank in dem nassen Zeug.“

„Nein, ich muß heim!“

„Ich laß dich so nicht gehen!“

„Aber ich laß mich nicht daran hindern!“

„Doch, ich werde dich daran hindern — wenn's sein muß, sogar mit Gewalt!“

„Ich schrei um Hilfe!“

„Wozu? Was tu ich dir denn? Es wird dir auch wenig nützen. Die Jul ist nicht da; man hat sie zu einer Geburt geholt. Wir sind keine Zigeuner, wie du vielleicht glaubst. Die Jul ist eine tüchtige Hebamme; man holt sie oft.“

Sein Reden interessierte sie nicht. Sie wollte heim. Aber er stellte sich ihr in den Weg.

„Ich hab dich nicht mehr aus dem Kopf gebracht, Mädel! Ich will gar nicht wissen, was dich aus der Welt da draußen verjagt hat. Ich frag nicht mal, ob es dir recht ist — ich kümmere mich einfach um dich! Ich kenn die Menschen vom Moor! Wenn sie dir auf was kommen, lassen sie dich vor die Hunde gehen! Aber ich, ich lieb dich, so wie du bist, mit deiner ganzen Versteckheit — mit deiner Lüge!“

Sie ließ ihn stehen und versuchte, an ihm vorbeizukommen. Aber da fühlte sie den eisernen Griff seiner Hand an ihrem Arm. Die Leidenschaft riß ihn fort.

„Du kommst mir nicht aus! Du mußt mir gehören! Du hast mich verrückt gemacht! Ich könnte alles für dich tun — alles!“

Sie schrie entsetzt auf, aber ihr Ruf verhallte ungehört. Mit brutaler Kraft riß er sie an sich, und in seinen Augen glühte besinnungslose Leidenschaft. Verzweifelt wehrte sie sich gegen ihn, aber ihre Kräfte waren seiner Gewalt nicht im entferntesten gewachsen. Er versuchte, sie zum Haus hinüberzuschleppen.

Da erklang plötzlich auf dem Weg das jagende Tappen von Läufen eines Tieres. Etwas Großes, Dunkles schoß heran.

„Nero!" schrie Josi, erlöst aus der verzweifelten Angst.

Sie merkte kaum, daß der Marzell sie beim Heranjagen des riesigen Hundes freigab und einige Schritte zurückwich; sie sah nur die mächtige Tigerdogge, die sie ansprang und sich auf den Hinterbeinen steil an ihr aufrichtete. Nero legte ihr die Vorderpranken auf die Schultern und leckte ihr zärtlich übers Gesicht; sie hatte Mühe, sich seiner Freude und Zuneigung zu erwehren. Dann aber knurrte er plötzlich drohend und ließ von ihr ab. Sie konnte ihn gerade noch am Halsband fassen und zurückhalten, sonst hätte er den Marzell angefallen. Sie rief ihn zur Ruhe; aber mit bösem Knurren und gesträubten Haaren bewachte er jede Bewegung des Mannes.

„Du kannst dich nun an mir rächen", sagte der schwarze Marzell. „Du kannst die Bestie auf mich hetzen. Los doch!"

„Ich werde es nicht tun."

„Du kannst auch den Frohlander gegen mich aufbringen oder gar die Polizei!"

„Auch das werd ich nicht tun."

„Du willst mich schonen?"

„Ich will nur meine Ruhe! Komm, Nero, wir gehen heim."

Sie hielt den Hund immer noch am Halsband fest und ging mit ihm davon.

Marzell stand da und rührte sich nicht.

Als sich Josi dann noch einmal umdrehte, sah sie ihn ins Haus zurückgehen, langsam, mit schleppenden Schritten, als ob er eine schwere Last trüge, die Last der Einsamkeit. Vielleicht war er betrunken und hatte jede Besinnung verloren, als ihn sein leidenschaftliches Verlangen nach ihr bedrängte. Sie wünschte, daß es so war. Ja, sie würde schweigen über diesen Vorfall. Aber sie würde Frohlander bitten, in Zukunft den Hund immer mitnehmen zu dürfen, wenn sie allein über das Moor gehen mußte.

Sie hörte noch, wie sich die Tür hinter Marzell schloß, und gleich darauf sah sie den Lichtschein in den Fenstern der Wirtsstube. Sie drückte den Kopf des Hundes an sich.

„Brav warst du, mein Nero!“ sagte sie liebevoll. Dann ließ sie ihn frei, aber er wich keinen Schritt von ihrer Seite.

Mehrere Tage waren seitdem vergangen. Josi wunderte sich, daß sich nach der Nacht, in der sie bis auf die Haut durchnäßt heimkam, bei ihr keinerlei Erkältungserscheinungen einstellten. Ihr Körper hatte sich bei der schweren Arbeit und der harten Lebensweise schon merklich gestählt. Sie wunderte sich auch, daß der Frohlander über ihre nächtliche Heimkehr eigentlich gar keinen Unwillen gezeigt hatte.

Als sie mit dem Hund und mit Martin, den sie auf dem Weg getroffen hatte, endlich heimgekommen war, war Frohlander sogar offensichtlich erleichtert darüber gewesen, daß sie mit heiler Haut davongekommen war. Er hatte sie nur gefragt, wo sie gewesen sei und wie sie durch das Unwetter heimgefunden hätte; dann hatte er sie nochmals auf die Gefahren eines Gewitters im Moor hingewiesen, und damit schien die Sache erledigt zu sein.

Nach längerer Zeit geschah es dann zum erstenmal wieder, daß zu später Abendstunde hinter dem Gehege der Gärtnerei oder vom stillen, weiten Moor herauf die wehmütigen Lieder des nächtlichen Wanderers ertönten.

„Der schwarze Marzell geht wieder um!" sagten die Leute.

Immer häufiger war dann das Singen zu hören. In jeder schönen Nacht, wenn ein sternenübersäter Himmel sich über das Moor wölbte, klangen die sehnsüchtigen, werbenden Gesänge durch die Nacht. Sie hörten es alle — Josefa, Martin, Monika und Frohlander; aber niemand sprach darüber, wenigstens lange Zeit nicht.

Eines Morgens sagte dann Monika aber doch zu Josi:

„Hast du das Singen gehört heut nacht?"

„Ja, auch gestern und vorgestern."

„Ich glaub, er singt für dich, Josefa!" sagte Monika lachend.

„Für mich?" Josi blieb ernst. „Er hat doch früher auch schon gesungen, bevor ich da war."

„Aber nicht so häufig, und es klang auch ein wenig anders, nicht so traurig und verlassen."

„Was meinst du damit, Monika?"

„Daß der schwarze Marzell sich in dich verliebt hat!" antwortete Monika lachend, und auch Martin lachte mit.

Sie saßen gerade bei der Morgensuppe, als sie darüber sprachen. Frohlander beteiligte sich nicht daran. Seinem verschlossenen Gesicht war nicht einmal anzumerken, ob er überhaupt zuhörte. Wie oft hatten sie schon erlebt, daß er mit seinen Gedanken irgendwo anders war und überhaupt nicht darauf reagierte, wenn die Monika oder sonst jemand eine Frage an ihn richtete. Auch heute schien er wieder so gedankenversunken in seiner Erinnerung zu kramen oder über die Sorgen der Arbeit nachzugrübeln, daß er nur ganz mechanisch den Löffel zum Munde führte. Sein Blick war starr auf die Schüssel gerichtet.

Erst nach dem Essen, als alle schon aufgestanden waren und Frohlanders Arbeitsanweisungen für den Tag erwarteten, wandte er sich plötzlich an Josi:

„Der schwarze Marzell sieht in dir eine leichtfertige Dirne!"

Das kam so unerwartet und überraschend, daß nicht nur Josi einen Augenblick die Fassung verlor. Auch Monika und ihr Bruder standen bestürzt und verlegen vor dem Vater; die Gefühllosigkeit dieser Worte hatte sie erschüttert. Das Schweigen und die Stille, die diesen Worten folgten, verrieten eindeutig die Wirkung.

„Was hab ich denn getan?" sagte Josi schließlich; ihre Stimme war ohne Kraft.

„Du brauchst gar nichts zu tun", erwiderte Frohlander ungerührt. „Stell dich bloß mal neben die anderen Mädchen und Frauen vom Moor — vielleicht siehst du dann selbst den Unterschied zwischen ihnen und dir. Ich mein jetzt nicht nur die Kleidung, sondern deine Art und wie du in die Welt schaust — als läge dir daran, den Männern zu gefallen!"

„Das ist nicht wahr!" rief Josi entsetzt.

„Sie kann doch nicht so sein wie wir, Vater!" sagte nun Monika. „Sie kommt doch aus der Stadt!"

„Das ist es ja eben!" erwiderte Frohlander hart, und sein Blick streifte finster die Gestalt der Magd.

„Du meinst also, alle, die von der Stadt zu uns ins Moor kommen, müssen schlecht sein?" fragte Monika.

„Es fragt sich, wie man herkommt! Ich weiß, was Peter darüber erzählt hat. Er war lange genug im Strudel des Lebens. Geht in die Stube und schaut euch sein Bild an! Sein Gesicht wird euch sagen, daß er unberührt geblieben ist von unsauberen Dingen und zweifelhaften Liebschaften. Er lebte ganz der Arbeit und verschrieb sich der Natur, in der er aufgewachsen ist. Es kam nichts an ihn heran von diesen Dingen, die nichts taugen und den Menschen nur in Elend und Verzweiflung führen. Das Bild ist wenige Wochen vor seinem Tod gemacht, und es zeigt ihn, wie er war bis zu seinem Ende! Das ist mein Trost und mein Stolz, den kann mir niemand nehmen!"

Josi war sichtlich erschüttert. Alle Farbe wich aus ihrem Gesicht, und in ihren großen, schönen Augen schimmerte ein brennender Schmerz.

Monika sah es, und sie empfand tiefes Mitleid mit ihr. Ihr Blick glitt zu dem Vater hin, und sie schaute voll Entrüstung in sein hartes, unbarmherziges Gesicht.

„Was willst du damit sagen, Vater?" rief sie. „Hast du vielleicht einen Grund, an der Ehrenhaftigkeit Josefas zu zweifeln? Dann muß ich dich schon bitten, mir den Grund zu sagen. Es ist mir nichts davon bekannt, daß sie etwas Unrechtes getan hat oder etwas Unrechtes will!"

Frohlander antwortete nicht. Er machte nur eine wegwerfende Bewegung mit der Hand; dann wandte er sich an Martin und sagte ihm, was draußen zunächst zu tun war. Auch den Mädchen gab er Anweisungen für die Arbeit des Tages, und darauf verließ er das Haus.

Das Tagewerk begann. Josi räumte den Tisch ab und machte sich bedrückt an die Arbeit im Haus. Doch heute wollte ihr nichts so recht von der Hand gehen wie sonst. Oft blieb sie stehen und schaute verstört und weltvergessen vor sich hin. Der Schimpf, den Frohlander ihr heute angetan hatte, lastete wie eine erdrückende Bürde auf ihr.

Da stand auf einmal Monika neben ihr.

„Du sollst dir keinen Kummer machen, Josefa!" sagte sie tröstend. „Ich weiß schon, der Vater hat dich gekränkt. Es kommt manchmal eine Erbitterung über ihn, und dann steht er aller Welt feindlich gegenüber. Er wird es nie verwinden, daß es gerade der Peter sein mußte, den der Tod ihm entriß. Er war sein Liebling. Du weißt nicht, wie gut und tüchtig Peter war; vielleicht würdest du dann den Vater besser verstehen. Wie er in den Ferien mit seiner

Fröhlichkeit das ganze Haus durcheinandergebracht hat — das hättest du sehen sollen! Dann hat sogar der Vater gelacht. Mit Peter hat er das Beste in seinem Leben verloren. Darum ist so geworden."

Josi schwieg.

„Verzeih es ihm, Josefa, und sei wieder guten Mutes!"

Und Josi nickte ihr tapfer zu.

Tag für Tag ging Monika in den Nachmittagsstunden zum Riedhof und kam erst spät abends zurück. Sie half dort beim Einfahren des Heues mit.

Am letzten Tag aber kam sie noch später heim als sonst. Man hatte am Riedhof den Rest der Ernte in Angriff genommen und wollte unbedingt noch fertig werden. Josi lag schon im Bett, als Monika die Stiege heraufschlich, um niemanden im Haus zu stören. Josi wunderte sich, daß Monika dann über den ganzen Söller ging — bis vor ihre Tür.

Josi hörte, wie die Tür leise geöffnet wurde.

„Bist du noch wach?" hörte sie sie flüstern.

„Ja."

Monika kam zu ihr ans Bett. Sie setzte sich auf den Rand.

Josi richtete sich verwundert auf. Sie spürte Monikas freudige Erregung, die Heiterkeit ihres Gemütes.

„Ist etwas geschehen?" fragte sie.

„Nichts Schlimmes. Aber da du noch wach bist, wollt ich es dir mitteilen. Ich hab ja sonst niemand, mit dem ich reden kann, wenn mir das Herz überläuft, Josefa! Ich bin genauso einsam und verlassen wie du."

Sie schwieg eine Weile. Ihr Atem verriet, daß sie erregt war.

„Zunächst mal hab ich was zu sagen, was dich interessieren dürfte, Josefa", begann sie dann wieder flüsternd. „Was meinst du, wen ich heut getroffen hab? Den Schullehrer vom Graben! Er hat mich gefragt, wie du am Sonntag bei dem Unwetter heimgekommen wärst; er hätte sich sehr um dich gesorgt, weil er sich mitschuldig fühle."

Josi schwieg, aber ihr Verhalten verriet, daß sie über diese Mitteilung erschrocken war.

„Du brauchst nichts zu befürchten, Josefa", fuhr Monika leise fort. „Es weiß niemand sonst, daß du bei ihm warst. Es hat auch niemand gehört, als er es mir erzählte, und ich sprech nicht davon — zum Vater schon gar nicht. Wie lange ist da schon etwas, Josefa — ich meine, zwischen dir und dem Lehrer?"

„Es ist nichts, Monika! Bestimmt nicht! Ich hab ihn nur ein paarmal getroffen. Schon an jenem Abend, als ich zu euch kam, bin ich ihm begegnet. Er war sehr nett zu mir und hat mich sogar über das Moor begleitet. Am Sonntag hab ich ihn nach der Kirche getroffen und war dann bei ihm im Schulhaus vom Graben. Er hat mir die Schule gezeigt und die Bilder, die er gemalt hat."

„Und dabei hat er sich in dich verliebt, Josefa! Oh, ich kenn das! Wenn man auch glaubt, wir hätten dafür kein Gefühl."

Josi mußte lachen. „Verliebt in eine Magd?"

„Du bist keine Magd, Josefa! Das weiß jeder, der dich sieht und sprechen hört."

„Ich bin zu euch als Magd gekommen, und ich will nichts anderes sein, Monika!"

„Laß nur gut sein! Haben wir uns nicht gleich von Anfang an gut verstanden und vertragen, Josefa? Ich würde mich sogar sehr freuen für dich, wenn du bei uns im Moor noch dein Glück finden solltest. Das kannst du mir glauben!"

„Ja, das glaube ich dir auch, Monika."

„Hast du Hans Mohr lieb?"

Josi antwortete nicht gleich. Sie tastete nach Monikas Hand.

„Ich weiß es nicht", sagte sie dann. „Er ist gut zu mir, als wäre er mein Bruder. Oft denk ich, ich sollte mich ihm anvertrauen — mit allem, was mich bedrückt und bewegt. Aber es ist so schwer für mich, das zu tun."

„Warum? Ihm kannst du wirklich vertrauen, Josefa. Er ist gut. Ich kenne ihn. Früher kam er oft zu uns. Wenn Peter in den Ferien da war, hat er ihn fast jeden Tag abgeholt. Dann sind sie über das Moor gewandert oder haben an den Bächen beim Angeln gesessen. Aber auch sonst kam er häufig zum Vater. Er hat eine große Freude an der Blumenzucht und an allen Arbeiten Vaters. Aber seit du zu uns gekommen bist, hat er sich nicht mehr bei uns sehen lassen. Ist das nicht merkwürdig? Ich weiß nicht, ob das dem Vater schon aufgefallen ist; ich jedenfalls hab schon oft daran gedacht."

„Dein Vater darf's nicht wissen, Monika!"

„Nein. Er wird's auch nicht erfahren. Oder traust du mir nicht?"

„Doch. Schon seit dem ersten Tag kenne ich dein gutes Herz."

„Was hab ich denn schon Gutes getan an dir?"

„Ich hab dir zu danken, daß ich bei euch bleiben durfte."

„Meinst du, das hab ich nur aus selbstloser Freundlichkeit getan? Nein, Josefa. Es mag schon wahr sein, du hast mich damals sehr gedauert. Es war soviel Angst in dir, soviel Verzweiflung. Ich hab gesehen, daß du am Ende deines Mutes warst. Aber so ganz selbstlos war meine Fürsprache beim Vater nicht; es war schon ein gut Teil Eigennutz dabei. Fritz, der älteste Sohn des Riedhofbauern, und ich — wir beide haben uns schon lange gern. Es wußte niemand was davon. Ich konnte es meinem Vater nicht gestehen, denn solange er allein war, durfte ich nicht ans Heiraten denken, und er hätte diese Beziehung zwischen uns nicht geduldet. Du kennst ihn ja. Als ich dich damals sah, hoffte ich, in dir einen Menschen gefunden zu haben, der mich hier einmal in der Arbeit ablösen könnte — in der Führung der Küche und der Hauswirtschaft. Ich hab dir gleich angesehen, daß du es schaffen würdest. Und wirklich: du machst deine Sache ausgezeichnet, Josefa!"

„So sagst du, Monika! Dein Vater wird anderer Meinung sein."

„Nein. Ich weiß sogar sehr genau, daß er mit dir vollauf zufrieden ist. Er kann es nur nicht zeigen. Ich hab bereits mit ihm gesprochen und ihm gestanden, daß ich in den Riedhof einheiraten will. Und er hat keinen Einspruch dagegen erhoben! Am Sonntag wird nun Fritz mit seinem Vater zu uns kommen, damit die Hochzeit festgelegt und alles abgesprochen werden kann. Das wollte ich dir heut sagen, Josefa!"

Josi drückte Monikas Hand.

„Ich wünsch dir von ganzem Herzen Glück, Monika!"

„Und ich dir, Josefa! Einmal wirst du erkennen, daß deine Begegnung mit Hans Mohr geschehen mußte, daß dabei das Schicksal die Hand im Spiel hatte. Und du wirst ihn lieben!"

Am Samstag wurde ein großes Faß Bier geholt, aber diesmal war es kein dünnes Erntegetränk, sondern ein hochprozentiges Gebräu, wie es zur feierlichen Absprache einer Hochzeit unter Bauern gehört.

Da Monika und Josefa mit Backen und Kochen besondere Vorbereitungen zu treffen hatten, mußte Martin das Bier holen. Mit Pferd und Wagen machte er sich auf den Weg zum Wirtshaus im Graben.

Als sie dann spät am Abend zur Ruhe gingen, steckte Martin der Magd heimlich einen Brief zu.

„Ich weiß nicht, was er dir mitzuteilen hat", flüsterte er. „Aber du solltest ihm nicht vertrauen, Josefa!"

Beim Licht der Kerze öffnete Josi den Brief in ihrer Kammer. Er war vom schwarzen Marzell.

„Ich hab darauf gewartet, daß Du mir einen Gendarm ins Haus schickst. Warum hast du's nicht getan? Ich hab nichts Besseres verdient. Es war ein Rausch, aber nicht vom Trinken, sondern ein Rausch der Sinne. Ich hab Dir weh getan und möcht dafür büßen! Verschon mich also nicht — denn ich lieb dich so sehr . . ."

Weiter las Josi nicht. Es war zu verrückt, was der Mann schrieb. War er denn krank? Sie hielt den Brief über das Licht der Kerze und ließ ihn zu Asche verbrennen.

Am folgenden Morgen ging man zunächst zur Kirche ins Dorf, und dann gab es noch eine Menge Arbeit.

Erst um die Mittagsstunde kamen die beiden Riedhofer, Vater und Sohn, durch den Erlenhain zum Hause Frohlanders.

Monika hatte sich heute besonders schön gemacht; sie trug ihr bestes Kleid und hatte viel Zeit und Mühe auf ihre strohblonden Haare verwendet. Josi hat ihr dabei mit Rat und Tat geholfen. Vor allem aber war es die erwartungsvolle Freude, die heute an Monika anziehend wirkte.

Fritz, der junge Riedhofer, war eine kräftige Gestalt im Lodenanzug mit einer Reihe schmucker Hirschhornknöpfe. Sein gesundes, tiefgebräuntes Gesicht strahlte Freude und Heiterkeit aus.

Josi war nicht zugegen bei den langen Gesprächen; auch als man später mit dem Essen begann, hatte sie in der Küche noch alle Hände voll zu tun. Erst gegen Abend wurde sie von Monika in die Stube geholt, damit sie auch teilhaben sollte an der Freude aller.

Der alte Riedhofer, der unaufhörlich dichten Qualm aus seiner Pfeife stieß, daß er in Schwaden zur Decke zog, hatte gleich ein paar Worte bereit, um die zurückhaltende Magd in die gemütliche Unterhaltung einzubeziehen. Er lobte das vortreffliche Essen, das sie zubereitet hatte, er sagte ihr sogar ein paar Neckereien über ihre zarte Figur und rang selbst dem düsteren Frohlander ein Lachen ab, indem er ihm scherzhaft Vorwürfe machte, weil er seine Magd verhungern ließe. Er war es auch, der zuerst mit ihr anstieß und sie zwang, ein Seidel Bier mit ihm zu leeren. Zum ersten Mal ging es in Frohlanders Wohnstube fröhlich zu. Man sprach und trank und lachte. Und immer wieder war es der alte Riedhofer, der die witzigsten Geschichten zu erzählen wußte.

Es war schon tiefe Nacht, als die Gäste das Haus verließen, nachdem sie Frohlander das Versprechen abgenommen hatten, am nächsten Sonntag mit seiner Tochter in den Riedhof zu kommen, damit auch die Bäuerin, die heute noch nicht dabei war, ihr gewichtiges Wort sprechen konnte.

Der alte Riedhofer schwankte bedenklich, als die beiden gegen den Erlenhain anstiegen, so bedenklich, daß der Sohn ihm den Arm reichen mußte. Der Alte hatte zuviel getrunken, aber der Anlaß dazu war schon einen Rausch wert gewesen.

Es war Mitternacht geworden; Josi stand immer noch in der Küche und war mit dem Abwaschen und Aufräumen des Geschirrs beschäftigt. Monika hatte ihr helfen wollen, aber Josi hatte sie zurückgewiesen. An diesem Tag ihrer eigentlichen Verlobung durfte Monika nicht arbeiten.

Da stand plötzlich Frohlander hinter Josi. Sie hatte nicht darauf geachtet, als die Tür ging; sie hatte geglaubt, daß Monika, die noch eine Weile im Haus herumgegeistert war, noch einmal zu ihr käme.

„Du kannst das morgen fertig machen!" sagte er.

Sie war über seine Stimme erschrocken und schaute ihn ängstlich an. Aber sein Gesicht erschien ihr heute milder und friedfertiger.

„Ich bin schon bald fertig“, antwortete sie.

„Es war ein bissel viel heute“, fuhr er fort. „Laß also alles bis morgen liegen. Martin und ich sind morgen ohnehin nicht da, und Monika kann dir dann helfen.“

Da legte sie gehorsam das Geschirr aus der Hand, das sie gerade wegräumen wollte.

„Ist dir nicht gut?“ fragte er. „Ich hab schon in der Stube bemerkt, daß dein Gesicht blaß ist.“

„Doch, mir ist schon gut“, sagte sie. „Vielleicht ist mir der Trunk mit dem Riedhofbauern nicht recht bekommen; ich bin das starke Bier nicht gewöhnt.“

Er betrachtete sie sehr eingehend, als glaubte er ihr nicht recht.

„Ich hab mich gefreut heut, daß du dich so nett gezeigt hast zu den Leuten. Der Riedhofer hat dich gelobt. Vielleicht wird es einmal dahin kommen, daß du allein das Haus zu besorgen hast — das heißt, wenn du dann noch hier bist, wenn ...“

„Ich möcht schon.“

„Dann ist es mir recht. Und jetzt leg dich gleich nieder! Werd nur nicht krank! Gute Nacht!“

Sie starrte auf die Tür, die sich hinter ihm geschlossen hatte. Sein gutes Wort hätte sie sonst sehr ermuntert, aber sie fühlte sich heute wirklich nicht wohl. Sicherlich hatte sie zuviel getrunken — oder es lag an dem Pfeifenrauch, der in dichten Schwaden durch die Stube gezogen war. Zum ersten Mal hatte Frohlander sich heute um seine Magd gekümmert. Er hatte bemerkt, daß irgend etwas mit ihr nicht stimmte, und er hatte ihr wohl nicht geglaubt, als sie ihn beruhigen wollte. Aber warum nahm er plötzlich solchen Anteil an ihr? Erschöpft suchte sie ihre Kammer auf.

Am anderen Tag brachte Frohlander Bahngut zur Verladung und fuhr schon frühzeitig mit seinem Sohn zum Bahnhof Vierlinden.

Da sie zu Mittag nicht heimkamen, waren die beiden Mädchen den ganzen Tag allein. Nachdem sie Küche und Haus in Ordnung gebracht hatten, arbeiteten sie in den Plantagen. Es war sehr heiß. Beide trugen breitrandige Strohhüte zum Schutz vor der Sonne.

Beim Mittagessen nahm Josi kaum einen Bissen zu sich. Sie sah bleich und krank aus. Aber sie leugnete immer noch, daß ihr etwas fehle.

„Es ist bestimmt nur der gestrige Abend, Monika. Ich hab zu viel getrunken, oder mir bekam der Pfeifenrauch nicht gut", sagte sie beruhigend zu der bekümmerten Monika.

Aber am Nachmittag, als sie wieder in der Sonne arbeiteten, geschah es, daß Josi plötzlich das Gerät aus der Hand fiel. Erschrocken schaute Monika auf und sah, daß Josi taumelte. Sie sprang hinzu und konnte sie gerade noch auffangen, sonst wäre sie gestürzt.

Voller Angst über Josis blasses Gesicht, schleppte Monika die Bewußtlose in den Schatten eines Baumes, bettete sie auf den Rasen und öffnete ihr das Kleid.

Dann lief sie ins Haus, holte Wasser und ein belebendes Medikament. Als sie zurückkam, hatte Josi bereits die Augen wieder geöffnet; sie sah Monika ein wenig verstört und verständnislos an. Immer noch sah sie erschreckend bleich aus.

„Ist dir wieder besser?" fragte Monika besorgt.

Josi nickte.

„Es wurde mir plötzlich schwarz vor den Augen."

„Du bist in Ohnmacht gefallen. Ich hätte es beinahe nicht gemerkt. Du bist krank, Josefa!"

Josi schüttelte den Kopf.

„Es wird vorübergehen."

Sie stand mit Hilfe Monikas auf und ließ sich ins Haus führen. In der kühlen Stube wurde sie auf das Ledersofa gebettet.

„Du ruhst dich jetzt aus!“ befahl Monika und duldete keinen Widerspruch. „Wenn Martin kommt, muß er dich zum Arzt fahren!“

„Nein!“ rief Josi heftig.

„Aber es muß doch was geschehen! Man fällt doch nicht einfach so um; dann ist man schon wirklich krank!“

Josi schüttelte den Kopf.

„Nein, ich kenne das schon.“

„Hast du das denn öfter?“

Josi zögerte.

„Einmal ist es mir schon passiert. Da war auch so ein schwüler Tag wie heute. Es wird schon wieder gut, Monika.“

„Jetzt ruhst du dich erst mal aus! Am Abend werden wir dann sehen.“

Am Abend aber, als Monika aus der Pflanzung ins Haus kam, um das Nachtessen zu bereiten, fand sie Josi schon in der Küche bei der Arbeit. Ihr Aussehen hatte sich merklich gebessert; nur um die Augen lagen noch tiefe dunkle Ringe.

„Geht's dir wirklich wieder gut, Josefa? Oder willst du nur nicht zugeben, daß du krank bist?“

„Es ist alles wieder in Ordnung. Sicher war daran auch der gestrige Abend schuld. Ich kann halt Bier und Wein schlecht vertragen.“

Monika schien ihr zu glauben. Gemeinsam bereiteten sie das Essen, räumten das Haus auf und bereiteten alles für die heimkehrenden Männer vor.

„Monika“, begann Josi plötzlich und schaute das Mädchen ängstlich an. „Sag deinem Vater nicht, was heut geschehen ist! Überhaupt soll niemand etwas erfahren davon. Ich bitt dich darum!“

„Was hast du? Ist es denn eine Schande, wenn man krank wird?“

„Ich bitt dich, verrat nichts davon! Versprich's mir — bei allem, was du schon an Gutem an mir getan hast. Du weißt ja, wie dein Vater über mich denkt und über das, was ihm an mir nicht gefällt!"

Monika sah sie bestürzt an; dann nickte sie zustimmend, als wäre ihr die beschwörende Bitte verständlich.

„Wenn du's nicht willst, dann werd ich ihm nichts sagen. Das versprech ich dir."

## 6

Am nächsten Tag war Josi kaum noch etwas von dem Zwischenfall anzumerken. Sie hatte wieder ihre natürliche Gesichtsfarbe und bewegte sich flink wie gewöhnlich; nur ihr Gemüt schien ein wenig bedrückter zu sein. Aber das merkte niemand; das Schweigen fiel im Hause Frohlanders nicht auf.

Die ganze Woche verging, ohne daß es nochmals zu einem solchen Zusammenbruch gekommen wäre. Man konnte annehmen, daß es also doch nur der ungewohnte Alkohol-Genuß gewesen war, der diesen Ohnmachtsanfall ausgelöst hatte. Das glaubte jedenfalls Monika, und sie war froh, daß doch alles gut abgegangen war.

Am Sonntag erfolgte dann der Gegenbesuch der Frohlanderleute beim Riedhofbauern. Zur Mittagsstunde verließen Vater und Tochter das Haus. Josi erhielt die Erlaubnis, eine Wanderung über das Moor zu machen; nur sollte sie diesmal am Abend rechtzeitig daheim sein, um dem Martin beim Gießen der jungen Pflanzen zu helfen. Ein Gewitter war nach Frohlanders Ansicht heute nicht zu befürchten.

Es war wieder ein warmer, sonniger Tag, aber die Luft war nicht so beklemmend schwül, und man konnte die Sonnenhitze leichter ertragen. Ein erfrischender Wind wehte von Osten.

Martin, der die Woche über sehr hart hatte arbeiten müssen, legte sich in den Schatten der Bäume und hütete das Haus. Josi wanderte zum Moor; sie suchte das Wirtshaus vom Graben zu umgehen, damit sie nicht wieder von jenem unberechenbaren Mann gesehen würde, und tatsächlich fand sie einen Weg, der zum Graben führte, ohne die Straße zu berühren.

Dann stand sie wieder in der kleinen Kirche, kniete im Betstuhl und horchte in die Stille hinein. Diesmal wurde sie nicht gestört. Hans Mohr kam nicht, um sie in die Schule zu holen. Vielleicht war er gar nicht daheim?

Als sie aber die Kirche verließ und einen Blick auf das Schulhaus warf, sah sie, daß ein Fenster der Wohnung geöffnet war.

Sie ging hin und klopfte an die Tür; dann wartete sie auf das Geräusch von Schritten. Aber es rührte sich nichts.

Sie klopfte noch einmal länger und lauter, aber wieder vergebens.

Hans Mohr war also doch nicht da! Enttäuscht trat sie den Rückweg an. Aber sie war noch nicht weit gegangen, als sie hinter sich plötzlich jemand rufen hörte. In großen Sprüngen kam der Lehrer vom Moor herauf. Er trug heute dieselbe Kleidung wie damals, als sie ihm am Tag ihrer Ankunft begegnet war, die derbe, sportliche Hose, das weiße Hemd mit geöffnetem Kragen und den verwitterten Hut. Sein braunes Gesicht strahlte in aufrichtiger Freude.

„Was für ein Glück, daß ich Sie noch erreicht habe!" rief er. „Ein guter Geist hat mich veranlaßt, noch einmal zu meinem Haus zurückzuschauen, und da sah ich Sie in die Kirche gehen. Ich hätte mich geohrfeigt, wenn wir uns verfehlt hätten! Ich wollte nach Schloß Kronberg." Er drückte ihre Hand. „Ich habe es nicht zu hoffen gewagt, daß Sie so bald wiederkommen würden."

„Es war so schön, daß ich wiederkommen mußte!"

„Ja, es war schön. Ich habe die ganzen Tage davon gezehrt. Es war für mich ein einmaliges Erlebnis. Dabei konnte ich Ihnen nicht einmal mehr sagen, wie schön Sie gespielt haben. Das Gewitter hat uns auseinandergejagt. Wie sind Sie heimgekommen? Ich habe mich sehr um Sie gesorgt."

„Sie sehen, ich hab keinen Schaden erlitten."

Er schaute sie mit strahlenden Augen an. Sie trug ein duftiges, hübsches Kleid; der Hut beschattete ihr Gesicht, so daß die Spuren des Kummers darin nicht zu erkennen waren. Er sah nur ihre schönen, leuchtenden Augen.

„Sie sehen prächtig aus", sagte er.

„Für eine Magd fast zu prächtig", erwiderte sie lachend. „Jedenfalls ist das die Meinung Frohlanders."

„Eine Magd, die Brahms und Chopin spielt! Er hat schon recht, der Frohlander; so etwas war noch nie da, wenigstens nicht bei uns im Moor. Wollen wir wieder musizieren?"

„Ich denke, Sie müssen nach Schloß Kronberg?"

„Müssen? Ach, man hat mich dort wohl eingeladen, aber es hat noch ein wenig Zeit. Dann komm ich eben ein paar Stunden später."

„Haben Sie heute keine Schule?"

„Nein. Unsere Moorbauern bangen um ihr Heu, und die Arbeit geht der Schule vor. Die verlorenen Stunden werden später eingebracht. Wenn Sie Lust haben, könnten wir zusammen hingehen. Sie kennen das Schloß noch nicht. Darf ich es Ihnen zeigen?"

„Aber ich kann doch nicht einfach —"

„Doch. Die Leute dort sind Menschen wie wir. Wenn es Ihnen Freude macht, wandern wir gemeinsam dorthin."

„Ist es sehr weit?"

„Eine gute Wegstunde."

Am südlichen Ausgang des Moores, wo der Riedhof seine Fluren und Liegenschaften hatte, erhoben sich, dem Kranz der fernen Alpen vorgelagert, ein paar grüne, langgestreckte Hügel, umgürtet von lichtem Wald. Auf dem höchsten dieser Hügel lag Schloß Kronberg. Vom Hause Frohlanders aus konnte man es nicht sehen, weil sich ein dunkler Erlenhain dazwischenschob.

Es war ein mittelalterlicher Bau, der im Lauf der Jahrhunderte immer wieder erneuert wurde, so daß der ursprüngliche Stil verlorengegangen war. Trotzdem sah man den Gebäuden schon von ferne die Besonderheit der architektonischen Gestaltung an.

Der Herrensitz war von einem weiten Park umgeben. Man konnte sich vorstellen, daß einmal der Grund ringsum, soweit das Auge reichte, zum Schloß gehört hatte, die Wälder, die Auen, das Moor. Doch heute waren davon schon weite Gefilde an andere Besitzer übergegangen. Trotzdem verfügte der Schloßherr noch über einen großen Grundbesitz, der zumeist an fremde Nutznießer in unkündbarer Pacht vergeben war. So hatten auch der Riedhofbauer und alle größeren Moorbauern ausgedehnte Landstücke vom Schloß in Pacht.

Der derzeitige Besitzer, der Großindustrielle Clausen — ein noch junger Mann, der erst vor wenigen Jahren geheiratet hatte —, war immer nur während der Sommermonate im Schloß. Dann sah man ihn in den Wäldern auf der Jagd oder an den Moorbächen beim Fischen. An sonnigen Tagen fuhr er bisweilen mit seiner schönen jungen Frau in die Alpen; sonst verbrachten sie die Ferienzeit in dem herrlichen Park.

Schloß Kronberg also war heute das Wanderziel des Moorlehrers, begleitet von Josi Joas, der ungewöhnlichen Magd des Rosengärtners Frohlander. Bei munterer Unterhaltung gingen sie auf den schmalen Pfaden durch die unberührte Einsamkeit und erfreuten sich an der Stille und dem Frieden der Welt — und vor allem an ihrem Zusammensein.

„Ich habe gehört, daß Sie früher öfter Frohlander besucht haben“, sagte sie. „Warum tun Sie das jetzt nicht mehr?“

Ihre Frage schien ihn ein wenig in Verlegenheit zu bringen.

„Es stimmt — ich hab mich einmal sehr für seine Rosenzucht interessiert“, begann er dann. „Er hat wahre gärtnerische Wunderwerke vollbracht. Und dann hab ich mich immer gern mit seinem Sohn, dem Peter, getroffen, wenn er in den Ferien zu Hause war; wir sind oft über das Moor gewandert. Wir waren Freunde, obwohl er viele Jahre jünger war als ich; er war sehr klug und ein prachtvoller Mensch. Wenn Sie ihn gekannt hätten — vielleicht könnten Sie dann den Verlust ermessen, den sein Tod für Frohlander bedeutet hat. Ich weiß, wie sehr er unter diesem Schicksalsschlag gelitten hat. Es gab keinen Trost für ihn. Trotzdem bin ich noch manchmal ins Grünland gekommen — bis Sie hier aufgetaucht sind. Ich wollte Sie nicht in Schwierigkeiten bringen, denn Frohlander ist sehr mißtrauisch. Er hätte es sogleich gefühlt, daß seine Magd, wenn auch nicht gerade der einzige Zweck, so doch der Mittelpunkt meiner Besuche wäre. Das durfte nicht sein; er ist ohnehin schon mißtrauisch genug. Sie mußten Ihre Ruhe haben und sich einfinden in das einfache Leben.“

Sie hatte ihm schweigend zugehört, und je mehr sie über seine Worte nachdachte, desto weniger fand sie sich darin zurecht. Schließlich glaubte sie ihren Sinn begriffen zu haben.

„Dann würde er es wohl auch nicht gern sehen, daß ich heut mit Ihnen übers Moor gehe — oder daß ich mit Ihnen zusammen musiziere?“

„Es ist jedenfalls besser, wenn er es nicht weiß.“

Im Verlauf ihres Gespräches über das Moor und seine Menschen erzählte Josi ihm dann von ihrer unheimlichen Begegnung mit der wunderlichen Alten, als sie in der Torfhütte Zuflucht vor dem Gewitter gesucht hatte. Sie habe sich vor der Frau fast noch mehr gefürchtet als vor dem Unwetter, sagte sie, zumal sie plötzlich in aufdringlicher Weise ihre Hand ergriffen habe, um ihr daraus wahrzusagen. Sie sei ihr vorgekommen wie die Hexe im Märchen.

Hans Mohr mußte lachen.

„Sie ist halb so schlimm, wie sie aussieht", erwiderte er. „Ihrer Beschreibung nach sind Sie der Katzen-Urschl begegnet; so wird sie hier allgemein genannt. Ihren richtigen Namen weiß ich gar nicht, weil man ihn nie hört. Sie bewohnt ein kleines Haus tief im Moor. Sie lebt ganz allein und hat nur ihre Katzen, die sich unter ihrer besonderen Pflege ungehindert vermehren und bereits rudelweise das Haus bevölkern."

„Daher wohl auch ihr Name", sagte Josi lächelnd.

Auf einmal kam ihr das Weib gar nicht mehr so unheimlich vor. Für ihr Aussehen konnte die Alte ja nichts:

Aber ganz so harmlos war die Katzen-Urschl nun auch nicht; Hans Mohr wußte auch noch andere Dinge von ihr zu erzählen.

„In den Sommermonaten sammelt die Urschl Kräuter und Beeren, wie sie im Moor wachsen, vor allem die sogenannten Rauschbeeren, aus denen sie ganz spezielle Tränke zu bereiten versteht, mit denen sie verschiedene Krankheiten erfolgreich kuriert — soweit die Menschen Vertrauen zu ihr haben. Denn es gibt unter der älteren Generation Leute, die von der Katzen-Urschl sehr bedenkliche Geschichten zu erzählen wissen. In jungen Jahren ist sie verheiratet gewesen, aber ihr Mann starb sehr bald eines rätselhaften Todes. Er soll ein Säufer von brutaler Gemütsart gewesen sein, und die Urschl galt als heimtückisch und rachsüchtig. Es gingen damals Gerüchte um, die Urschl hätte ihren Mann durch ein unbekanntes Gift umgebracht. Sie wurde daraufhin verhaftet und vor den Richter gestellt. Man konnte ihr jedoch keine Schuld nachweisen und ließ sie wieder frei. Aber der Verdacht haftet ihr nun zeitlebens an. Dazu kommt, daß sie ihren Lebensunterhalt durch geheimnisvolle Künste bestreitet. Sie versteht sich meisterhaft auf das Wahrsagen und Kartenschlagen, aber sie ist schlau genug, daraus kein öffentliches Geschäft zu machen. Die Leute, die zu ihr kommen, um die Zukunft zu erfahren, gehören meist wohlhabenderen Ständen an. Weiß Gott, wie der Ruf der Katzen-Urschl als Wahrsagerin bis in die Stadt gedrungen ist! Die Leute vom Graben nennen sie eine Hexe, die die reichen Leute um ihr Geld bringt. Aber niemand kann ihr etwas anhaben. Ich selbst halte sie für ein ganz harmloses Geschöpf, das viel zu klug ist, um ein Verbrechen zu begehen. Ich glaube nicht an den Mord, der ihr damals nachgesagt wurde. Oft tut sie mir leid, weil sie keinen Anschluß mehr an die dörfliche Gemeinschaft gefunden hat. Wenn sie die Augen schließt, findet sich gewiß nicht ein einziger Mensch, der ihre Leiche zum Friedhof begleitet. Wenn sie Ihnen, wie ich vermute, die Zukunft geweissagt hat, dann halte ich Sie für vernünftig genug, das nicht ernst zu nehmen. Wenn Sie wollen, können wir ja die Katzen-Urschl mal aufsuchen."

Josi sagte gern zu. Die Geschichte der seltsamen Alten hatte einen großen Eindruck in ihr hinterlassen. Wenn sie ein ganzes Leben lang unter diesem furchtbaren Verdacht des Gattenmordes gestanden hatte, dann war es nicht verwunderlich, daß dadurch ihr ganzes Wesen verunstaltet und verzerrt wurde.

Eine Weile gingen sie schweigend und sehr nachdenklich dahin. Dann gab Josi dem Gespräch eine neue Wendung:

„Zunächst möchte ich Sie aber bitten, doch wieder einmal ins Grünland zu kommen. Ihr langes Fernbleiben ist bereits der Monika aufgefallen."

„Ja, ich werde bald mal hinkommen."

Dann kamen sie wieder auf andere Dinge zu sprechen, auf Musik, Kunst und Literatur. Josi erkannte, daß dieser Mann, der in so einfacher Kleidung neben ihr ging, über ein reiches Wissen verfügte, daß er dem Leben in der großen Welt gar nicht so fern stand, wie man zunächst hätte glauben können. Aber seine Liebe zu den schöngeistigen Künsten wurzelte in der Verbundenheit mit dem Stück Erde, auf dem er lebte. Aus dem Moor mit seiner Unberührtheit floß ihm die Kraft zu für seine Arbeit, für seine Zufriedenheit und für seine Ideale.

Ein breiter Graben, in dem trübes Wasser floß, versperrte ihnen plötzlich den Weg. Hans Mohr sprang gewandt darüber hinweg, und als Josi ihm nicht zu folgen wagte, streckte er ihr die Hand entgegen, und mit kraftvollem Schwung unterstützte er ihren Sprung.

Sie ließ es sich gefallen, daß er ihre Hand nicht gleich wieder freigab, daß er sie festhielt wie ein schutzbedürftiges Kind.

Eine ganze Weile gingen sie schweigend weiter. Beide fühlten, daß jetzt etwas mit ihnen geschah, daß das erste Wort, das nun fallen mochte, eine Wendung in ihrer Beziehung bedeuten würde.

„Josi!" sagte er.

Sie sah ihn erschrocken an.

„Verzeihen Sie, ich wollte Sie nicht erschrecken."

Sie versuchte zu lächeln.

„Ich bin in der Tat erschrocken. Es ist schon lange her, daß ich meinen Namen in dieser Form gehört habe. Bei Frohlander werde ich Josefa genannt."

Er spürte, wie sie sich hinter dieser Erklärung zu verbergen suchte.

„Für die Leute vom Moor ist eben Josefa gebräuchlicher“, sagte er. „Ich wollte Sie fragen, ob Sie mir vertrauen können. Nein — nicht so!“ setzte er rasch hinzu, als er ihr erneutes Erschrecken bemerkte. „Sie sollen mir nicht sagen, was Sie veranlaßt hat, ins Moor zu fliehen. Es ist Ihnen schwer genug gefallen, alle Ihre Lebensgewohnheiten zurückzulassen. Ich bewundere Ihren Mut.“

Sie schwieg.

„Es ist so seltsam“, fuhr er nach einer Weile fort. „Ich sitze hier Jahr für Jahr im Moor, ich sehe den Frühling kommen, den Sommer, den Winter, ich vergrabe mich in die Bücher und in die Musik. Ich bin zu einem Sonderling geworden, über den die Leute anderswo reden würden. Ich koche mir sogar das Essen selbst, und ich denke gar nicht mehr daran, daß sich das alles einmal ändern könnte — daß das, was ich bis heute geliebt habe, allmählich an Bestand verlieren könnte.“

„Nein! Sie lieben die Musik, die Bücher und die Natur! Eine solche Liebe verliert nicht an Bestand.“

„Glauben Sie? Was aber wird daraus, wenn das Herz zum Erwachen kommt? Das Herz mit seinem Verlangen nach dem ureigenen natürlichen Recht. Dann kommt es zu einer Unzufriedenheit, zu einer Rastlosigkeit, die sich nicht mehr bezwingen läßt!“

Josi schritt nun ein wenig schneller aus. Sie befürchtete, daß durch die Fortführung dieses Gesprächs eine Situation geschaffen werden könnte, die sie um das Glück des Tages bringen würde. Instinktiv ahnte sie seine Gedanken; sie wußte schon seit dem Tag, an dem sie mit ihm musiziert hatte, daß sein Herz sich ihr zuneigte. Sie hätte ihn nicht mehr aufsuchen dürfen, aber es zog sie mit unwiderstehlicher Gewalt zu ihm. Ja, sie hatte ihn sehr gern — und doch durfte sie es ihm nicht sagen!

„Ich weiß es nicht“, sagte sie in verändertem Ton. „Es kommt wohl auch auf die Kraft des einzelnen Menschen an. Und Sie haben diese Kraft! Ich danke Gott, daß er mich hier in diesem ungewohnten Leben einen solchen Freund finden ließ!"

Sie kamen durch einen Birkenhain und sahen plötzlich den Schloßhügel vor sich. Sofort ließ sich Josi von dem Anblick einfangen und war gleich mit einer Menge Fragen zur Hand, froh darüber, daß das Gespräch eine andere Richtung nehmen konnte. Er mußte ihr nun antworten.

Ehe sie zu den Stufen kamen, die steil durch den Wald zum Schloß hinaufführten, wollte sie sich von ihm verabschieden; aber er ließ sie nicht gehen.

„Sie können mich dort doch nicht als die Magd Frohlanders einführen", sagte sie.

„Nein, das will ich auch nicht. Wir greifen eben zu einer kleinen Notlüge. Sie sind eine Kollegin und hatten dienstlich bei mir zu tun."

„Mit solchen Händen?"

„Wer achtet denn schon darauf? Warum soll nicht auch einmal eine junge Lehrerin mit der groben Arbeit in Berührung kommen? Oder wie wäre es mit einer Verwandten — Nichte oder Schwägerin? Meine persönlichen Verhältnisse sind hier nicht bekannt."

„Nein, lieber nicht!"

„Bleiben wir also bei der Kollegin."

Er wartete ihre Einwilligung nicht ab, sondern drängte weiter.

Sie kamen zu einer geschlossenen Gittertür, die den Mauerring der Umfriedung unterbrach.

Auf sein Läuten kam ein junges Mädchen herbei, das er freundlich begrüßte. Er war hier gut bekannt. Das Mädchen führte sie durch den Park auf einen bunten Sonnenschirm zu, der in der Nähe der Brüstung aufgestellt war.

In seinem Schatten saß die Schloßherrschaft, ein noch junger, eleganter Herr und eine sehr vornehme Frau. Aus einer Mauernische ertönten die Klänge eines Radioapparates.

Bei ihrer Annäherung stand der Mann auf, begrüßte Hans Mohr und ließ sich Josi vorstellen.

Während dann der Lehrer der Dame des Hauses seine Aufwartung machte, zog Herr Clausen Josi bereits in ein Gespräch, so daß Hans Mohr warten mußte, bis er sie der Hausherrin vorstellen konnte. Er tat das dann so leichthin und natürlich, daß niemand an der Wahrheit seiner Worte zweifeln konnte.

Bei zwangloser Unterhaltung wurde Kaffee getrunken. Clausen und seine Frau liebten in gleichem Maße die Gemütlichkeit. Josi bewunderte die schöne junge Frau in ihrem prächtigen Kleid und bemühte sich, die Fragen zu beantworten, die an sie gestellt wurden. Sie kam gar nicht dazu, über das Ungewöhnliche ihrer Anwesenheit auf Schloß Kronberg nachzudenken.

Daran war nur Hans Mohr schuld, der darauf bedacht war, sie der Härte ihres selbstgewählten Lebens zu entreißen.

Später ging man in das Schloß. Der Hausherr zeigte Josi die prächtigen Wohnräume, die schmucke Hauskapelle, die historischen Säle — und schließlich landete man im Musikzimmer, in dem ein Flügel stand.

Die Hausherrin wollte Hans Mohr dazu bewegen, daß er auch heute spiele, wie er es bei allen seinen Besuchen getan hatte.

Aber Hans Mohr lehnte ab.

„Vor meiner Kollegin kann ich nicht bestehen", sagte er. „Aber ich will gern Geige dazu spielen."

Nun war es geschehen; Josi wurde an den Flügel genötigt. Und es ging ihr wieder so wie damals im Schulhaus. Kaum hatten ihre Finger die Tasten berührt, so überkam sie wieder der Rausch der Töne. Hans Mohr spielte Geige. Es wurde ein regelrechtes Konzert daraus, und die Schloßherrschaften waren begeisterte Zuhörer.

Herr Clausen ließ Likör bringen, und auch Josi mußte trinken.

Es verging eine weitere Stunde. Josi spielte und spielte. Und sie trank immer wieder einen Schluck Likör.

Ob es nun an dem starken Kaffee oder dem schweren Likör lag oder an dem weiten Fußmarsch, den sie heute schon in der Hitze zurückgelegt hatte — jedenfalls spürte Josi plötzlich ein heftiges Unwohlsein.

Auf einmal brach sie ihr Spiel ab, stand auf und schwankte.

Hans Mohr erkannte sofort die Veränderung in ihrem Gesicht; er ergriff ihren Arm und hielt sie fest.

Erschrocken kamen die Gastgeber herbei. Was war geschehen?

„Es ist — nur eine plötzliche Übelkeit", sagte sie entschuldigend. „Es geht vorüber."

„Gehen Sie ein wenig in den Park", riet ihr Frau Clausen.

Hans Mohr führte sie hinaus. Im Schatten einer Linde setzten sie sich auf eine Bank. Das Ganze war Josi sehr peinlich. Ihr Zustand wollte sich nicht ändern; sie sah beängstigend aus.

„Ich hätte doch nicht spielen sollen", flüsterte sie dem erschrockenen Hans Mohr zu. „Es hat mich heute zu sehr erregt."

Herr Clausen wechselte mit Hans Mohr einen Blick. Es war eine stumme Verabredung, denn gleich darauf telefonierte der Schloßherr nach einem Arzt, ohne daß Josi davon wußte.

Unterdessen ließ die Hausfrau ein Zimmer für Josi richten, wo sie sich ausruhen sollte; auch wurden Medikamente herbeigebracht.

„Ich möchte ein wenig gehen“, sagte Josi.

Sie gingen ein Stück durch den Park. Hans Mohr führte sie am Arm, und er spürte, daß sie einer Ohnmacht nahe war.

„Nein“, sagte er, „es hat doch keinen Sinn! Sie müssen sich ausruhen!“

Er führte sie mit sanftem Zwang ins Haus. Sie nahm keine Notiz von dem schönen Zimmer, in das sie geführt wurde; sie sah nur das vorbereitete Lager auf einer Couch und fühlte die Frische und Kühle des Raumes. Fast willenlos ließ sie sich von ihrem Begleiter auf das Lager betten.

„Wir wollen warten, bis der Arzt kommt“, sagte er.

Da fuhr sie erschrocken auf.

„Nein! Keinen Arzt, bitte!“

Er drückte sie begütigend auf die Kissen zurück.

„Machen Sie sich keine Gedanken! Es war für Herrn Clausen eine Selbstverständlichkeit, einen Arzt zu rufen. Wir wissen ja nicht, was Ihnen fehlt.“

„Nein, ich bitte Sie, telefonieren Sie ab! Es geht mir schon besser!“

„Warum wollen Sie nicht vernünftig sein? Was ist schon dabei, wenn der Arzt kommt? In wenigen Minuten wird er mit seinem Wagen da sein; er ist bestimmt schon unterwegs.“

Es half ihr nichts, sie mußte es zulassen. Die Gastgeber kamen ins Zimmer, erkundigten sich nach ihrem Befinden und gingen wieder hinaus.

Josi befand sich in einer aufgewühlten Gemütsverfassung. Eine verzweifelte Angst hatte sie überwältigt — wie einen Menschen, der sich plötzlich der Willkür des Schicksals ausgeliefert sieht.

Hans Mohr wich nicht von ihrer Seite; er redete ihr gut zu und versuchte, sie zu beruhigen, konnte aber nicht verhindern, daß sie einen Nervenzusammenbruch erlitt und von einem tränenlosen Weinkrampf erfaßt wurde. Hans Mohr konnte sich ihre Angst nicht erklären und empfand nur ein tiefes Mitleid mit ihr. Sie sah so hilflos und zerbrochen aus. Das Warten auf den Arzt wurde unerträglich.

So verging eine ganze Weile; dann waren endlich Schritte vor der Tür zu hören. Herr Clausen brachte den Arzt, einen älteren Herrn von gutmütigem, beruhigendem Aussehen. Er streifte die Patientin mit einem Blick; dann stellte er seine Tasche auf den Tisch und bereitete sich mit der Ruhe des erfahrenen Landarztes auf die Untersuchung vor.

Der Schloßherr gab ihm flüsternd einen Bericht, und dann zog er sich mit seiner Frau und Hans Mohr zurück.

Josi war mit dem fremden Arzt allein. Sie sah ihm zu, wie er ein Stethoskop und andere Instrumente seiner Tasche entnahm und gebrauchsfertig machte.

„Es tut mir leid, daß man Sie herbemüht hat, Herr Doktor", sagte sie mit schwacher Stimme. „Es geht mir schon wieder besser."

„Das ist erfreulich", antwortete er. „Aber wir müssen sehen, was mit Ihnen losgewesen ist! Neigen Sie denn zu solchen Dingen?"

„Nein. Nur in letzter Zeit kam es ein paarmal vor."

Er half ihr beim Freimachen des Oberkörpers; dabei ruhte sein Blick aufmerksam auf ihrem Gesicht. Dann begann er die Untersuchung. Gewissenhaft hörte er ihre Organe ab und tastete prüfend über einzelne Stellen ihres Körpers.

Das geschah alles in einem spannungsgeladenen Schweigen. Schließlich half er ihr wieder beim Ankleiden. Immer noch schweigend brach er die Spitze einer Ampulle ab und gab ihr eine Injektion.

Sie mußte lange warten, bis er sprach; zuerst packte er seine Tasche ein. Am liebsten hätte sie aufgeschrien aus

Angst vor seiner Zurückhaltung. Dann stand er vor ihr und griff nach ihrer Hand.

Sie spürte, daß er noch einmal ihren Pulsschlag prüfte. Seine Augen blickten sie wieder forschend und wissend an.

„Es ist alles in Ordnung", sagte er endlich. „Was Ihnen fehlt, wissen Sie ja, nicht wahr?"

Sie wich seinem Blick aus, aber er wartete gelassen auf ihre Antwort.

„Ja", antwortete sie tonlos.

„Sie haben sich vielleicht körperlich zuviel zugemutet oder Getränke zu sich genommen, die Ihnen nicht bekommen sind. Es geht vorüber. In Zukunft ein bißchen mehr Achtsamkeit, das ist alles, was ich Ihnen raten kann."

„Danke!"

Er reichte ihr die Hand, griff nach seiner Tasche und ging hinaus.

Sie wollte ihn zurückrufen, um ihn zu bitten, über das Ergebnis seiner Untersuchung zu schweigen, aber sie fand weder den Mut noch die Kraft dazu. Resigniert sank sie auf die Kissen zurück, als sich die Tür hinter ihm geschlossen hatte.

Da kamen auch schon die Gastgeber herein. Sichtlich froh über das Ergebnis der ärztlichen Untersuchung, nahmen sie sich ihrer an. Hans Mohr war noch nicht zu sehen; er hatte den Doktor zum Wagen begleitet. Und gerade das hätte sie gern verhindert!

Endlich kam er. Sie wagte es nicht, ihn anzusehen. Erst als sie wieder seine ruhigen, ermunternden Worte hörte, tastete ihr Blick nach seinem Gesicht. Es spiegelte die gleiche freudige Erleichterung, die sie bei ihren Gastgebern wahrgenommen hatte. Nicht die leiseste Andeutung von Bestürzung oder Zurückhaltung war ihm anzumerken. Hatte der Doktor geschwiegen?

Eine Weile blieb sie noch liegen; dann hatte sie das Verlangen danach, ins Freie zu kommen. Geführt von Hans

Mohr, ging sie durch den Park. Sie setzten sich auf eine Bank im Schatten der Bäume. Langsam kehrte die Farbe in ihr Gesicht zurück, und sie spürte auch wieder Kraft in ihren Gliedern.

Die Gastgeber hatten sich zurückgezogen und sie mit Hans Mohr allein gelassen, um ihr Zeit zu geben, sich zu beruhigen.

„Nun ist mir wieder gut“, sagte sie.

„Dem Himmel sei Dank!“ antwortete Hans Mohr erfreut und strich ihr begütigend über die Hand.

Sie fühlte, wie bekümmert er sie anschaute, aber sie wagte es nicht, seinem Blick zu begegnen.

„Es ist mir so peinlich! Gerade bei fremden Menschen muß mir das passieren!“

„So was kommt halt mal vor! Es hätte ja auch mir geschehen können und jedem andern.“

Sie schaute verzagt in das Grün der Bäume und zu dem strahlenden Himmel empor.

„Ich möchte heim. Ist es Ihnen recht?“

Sogleich stand er auf und führte sie zum Haus zurück.

Da kamen ihnen auch schon die Gastgeber entgegen. Sie freuten sich, daß Josi sich erholt hatte.

Mit einer fast kindlichen Schüchternheit und Herzlichkeit bat sie um Verzeihung für die Ungelegenheiten, die sie ihnen bereitet hatte. Aber sie wiesen ihre Entschuldigung zurück.

„Die Schuld liegt ja nicht bei Ihnen, sondern bei mir“, sagte der Schloßherr. „Ich habe um Verzeihung zu bitten! In meiner Freude über Ihr herrliches Spiel und über diese nette Bekanntschaft habe ich zu starke Getränke kredenzt. Das ist wenigstens die Ansicht des Arztes. Ist es nicht so, Herr Mohr?“

Hans Mohr nickte.

„Es tut mir also sehr leid“, fügte Clausen hinzu.

Er erbot sich, sie im Wagen auf dem Umweg über die Außenstraße nach Hause bringen zu lassen, aber Josi lehnte dankend ab. Sie wollte sich unbedingt noch in der frischeren Abendluft bewegen, da sie sich wieder kräftig und gesund genug fühlte, um den Heimweg über das Moor schaffen zu können.

Hans Mohr unterstützte sie dabei. Es hätte ihn in große Verlegenheit gebracht, wenn vor dem Schulhaus in Vierlinden der Wagen des Schlosses angehalten hätte.

„Wir möchten Sie bald wieder einmal auf Schloß Kronberg begrüßen!" sagten die Gastgeber noch zum Abschied und geleiteten sie zum Tor.

Als Josi an Mohrs Seite die Stufen hinabstieg, schlug ihr bereits die Abendkühle wohltuend entgegen.

Aber sie kam heute wieder zu spät heim. Martin hatte bereits die Pflanzen gegossen und den Garten für die Nacht zubereitet.

„Es macht nichts", sagte er. „Der Vater ist noch im Riedhof; er weiß es nicht. Und ich hatte ja Zeit genug, um alles zu besorgen."

## 7

Es kam zu keinem zweiten Besuch auf Schloß Kronberg, und auch das Schulhaus vom Graben suchte Josi nicht mehr auf. Wenn es auch so schien, als wäre der Zwischenfall ohne jegliche Auswirkung auf die Beziehung zwischen ihnen geblieben, so hatte er doch in Josi eine gewisse Scheu hinterlassen. Sie wußte nur, daß Hans Mohr den Arzt zu seinem Auto begleitet hatte, aber sie hatte nie erfahren, wie weit der Arzt wirklich über das Ergebnis seiner Untersuchung geschwiegen hatte. Sie mußte annehmen, daß zwischen den beiden über ihren Zustand gesprochen worden war, aber davon hatte Hans Mohr nie etwas gesagt, und es war ihm auch nicht das geringste anzumerken. Trotzdem blieb sie seit diesem Tag befangen.

Die sommerlichen Wochen gingen zur Neige. Die größte Hitze war vorüber. Die Arbeit in der Gärtnerei wurde ruhiger.

An den Abenden ernteten sie jetzt die ersten Früchte von den Bäumen. Martin saß im Geäst oder stand auf der Leiter und pflückte. In vollen Körben trugen sie das Obst ins Haus. Diese Arbeit war erquickend. Oft standen die beiden Mädchen unter einem Baum und bissen in die saftigen Äpfel.

Auch die Beerenernte brachte Abwechslung, wenn Josi zusammen mit Monika im Gesträuch saß und die reifen Beeren von den Zweigen zupfte. Dann sprachen sie über viele Dinge.

Nero, die Tigerdogge, fand auch wieder etwas mehr Beachtung und Pflege. Josi durfte sich jetzt wirklich die Zeit nehmen, sich um den Hund zu kümmern und mit ihm in der Dämmerung zum Erlenhain zu gehen, wo er sich auslaufen konnte. Die Dankbarkeit und Freude des Tieres offenbarte sich in ungestümen Zärtlichkeiten, deren sie sich oft kaum zu erwehren wußte.

In stillen, klaren Nächten erklang immer noch das Lied des schwarzen Marzell vom Moor herauf; es rückte sogar dicht heran bis an das Gehege und rief Josi die unangenehmen Begegnungen ins Gedächtnis zurück, die sie mit diesem unheimlichen Mann schon erlebt hatte. Sie hatte ihn nun schon lange nicht mehr gesehen. Aber der Gesang verriet ihr, daß sein Herz nicht mehr zur Ruhe gekommen war. Wenn sie bei der Morgensuppe saßen, schaute Josi oft ängstlich in Frohlanders Gesicht. Sie befürchtete, daß er wieder einmal mit harten Worten über den nächtlichen Gesang reden könnte, denn er mußte ihn ja ebensogut gehört haben wie sie. Aber Frohlander sagte nichts mehr darüber.

An einem Nachmittag, als Josi mit Monika in den Pflanzungen arbeitete, sah sie dann plötzlich drüben in der Rosenplantage Hans Mohr bei Frohlander stehen. Sie sprachen miteinander und neigten sich oft hinab zu einer Pflanze, die ihr Interesse erregte.

Josi hatte ihn nicht kommen sehen, und sie wußte deshalb auch nicht, wie lange er schon hier war. Bis jetzt hatte er noch nicht zu ihr herübergeschaut; vielleicht hatte er sie noch gar nicht bemerkt.

Die beiden Männer standen immer noch dort, als Josi mit Monika ins Haus ging. Die Mädchen kamen nahe an ihnen vorbei, aber Hans Mohr schaute sich nicht um.

Josis Pulsschlag klopfte schneller; sie fühlte das Blut in ihren Schläfen hämmern. Warum erregte sie sich so?

Sie hatten sich nun wochenlang nicht mehr gesehen, und diese Zeit hatte eine unsichtbare Kluft zwischen ihnen aufgerissen. Es war so schwer, den ersten Schritt der Annäherung zu tun — so empfand es wenigstens Josi. Sie wußte, daß Hans Mohr einen immer größeren Raum in ihrem Herzen und ihren Gedanken einnahm, daß sie Tag um Tag auf ihn gewartet hatte mit wachsender Sehnsucht. Und jetzt, da er gekommen war, fürchtete sie sich vor dieser Begegnung und wollte sich vor ihm verbergen. Sie flüchtete in die Küche, stürzte sich in die Arbeit und verriet durch nichts, daß sie von seiner Anwesenheit wußte. Doch manchmal trat sie ans Fenster und schaute heimlich hinaus in die Gärten.

Und da sah sie plötzlich, daß er mit Frohlander zum Haus heraufkam; sie hörte seine Stimme draußen, und dann ging die Tür. Die Männer betraten die Stube.

Dann war lange Zeit Stille. Später hörte sie, wie Frohlander Monika in das Haus rief. Dann ging Monika in den Keller, um eine Flasche selbstbereiteten Beerenwein zu holen, wie es stets geschah, wenn ein Gast ins Haus kam.

Es dauerte noch eine Weile, bis Monika endlich zu ihr in die Küche kam.

„Der Lehrer ist da, Josefa! Weißt du es schon?"

Josi antwortete nicht, aber sie war so verlegen, daß Monika lachen mußte.

„Willst du ihn denn gar nicht sprechen?"

„Wie sollte ich denn? Ich kann doch nicht einfach hineingehen! Er ist doch zu deinem Vater gekommen."

„Ich könnt es schon so einrichten", sagte Monika.

„Tu' es nicht, Monika, ich bitt dich! Vielleicht wär's ihm nicht recht. Ich hab ihn nun doch schon lange nicht mehr gesehen."

Monika schaute noch eine Weile belustigt in Josis ängstliches Gesicht; dann kehrte sie in die Stube zurück.

Aber Josi traute ihr nicht ganz. Sie schlich aus dem Haus, lief noch einmal hinab zur Pflanzung und machte sich dort unnötig zu schaffen. Hier wollte sie bleiben, bis Hans Mohr gegangen war; es war besser, wenn sie sich nicht begegneten.

Ob sie ihn hören würde, wenn er die Straße herabkam?

Noch war alles still. Nur vom Pferdestall her erklang manchmal ein dumpfes Stampfen, oder es schlug eine Tür zu.

Da hörte sie plötzlich einen Schritt, den sie sofort erkannte. Er ging rasch; plötzlich jedoch zögerte er.

Sie verhielt sich ganz still. Aber er mußte sie bereits bemerkt haben.

„Hallo!" klang es leise durch das Geäst.

Sie erschrak, aber dann näherte sie sich doch langsam der Umfriedung.

„Ja?"

„Ich bin's!" sagte er. „Arbeiten Sie noch?"

„Ich räum nur noch ein bißchen auf."

„Ich war beim Frohlander, weil Sie mich darum baten. Sind Sie nun zufrieden?“

„Ja.“

„Wie geht es Ihnen? Haben Sie sich wieder ganz erholt?“

„Ja. Es war ja nicht so schlimm.“

Er ging immer noch nicht.

„Das freut mich! Ich soll Ihnen übrigens recht schöne Grüße von der Schloßherrschaft von Kronberg bestellen“, flüsterte er. „Es wurde sehr bedauert, daß Sie sich dort nicht mehr sehen ließen. Sie glauben nicht, welch guten Eindruck Sie da hinterlassen haben! In der vorigen Woche sind Clausen und seine Frau in die Stadt zurückgekehrt.“

„Dann kommen sie also erst nächstes Jahr wieder?“

„Wenn nichts Besonderes vorfällt, kommen sie erst im nächsten Frühling zurück.“ Er schwieg eine Weile; dann fuhr er fort: „Entweder stehe ich unten im Moor herum, oder ich lehne halbe Tage lang an der Tür meines Hauses. Ich habe Sie nie mehr gesehen. Sind Sie nicht mehr zum Graben gekommen? War es nicht möglich?“

„Nein, ich konnte seitdem nicht fortgehen.“

„Schade! Ich habe so sehr darauf gewartet! Aber geändert hat sich doch nichts zwischen uns? Ich bin in diesem Moor zu einem verschrobenen Kauz geworden, der es vielleicht gar nicht mehr bemerkt, wenn er sich Frauen gegenüber nicht richtig benimmt. Das ist es doch nicht etwa?“

„Nein, nein! Aber die Tage werden jetzt kürzer. Man wagt nicht mehr so weite Wege.“

Er schwieg eine Weile.

„Ich bin so froh, daß ich Sie noch getroffen habe! Ich hatte schon befürchtet, daß mein Weg zu Frohlander heute vergeblich wäre —“

Man hörte jetzt im Haus eine Tür gehen, und jemand lief über den Hof.

Hans Mohr wartete, bis alles wieder still war.

„Ich mußte unbedingt wissen, wie es Ihnen geht, und ob Sie mir noch gut sind", fuhr er leise fort. „Es geht Ihnen also wirklich gut?"

„Ja."

„Im Herbst geht bei uns der Erlkönig um", flüsterte er scherzend. „Es heißt, daß er es auf schöne Menschen abgesehen hat, denen er im Erlengebüsch auflauert. Denken Sie daran!"

„Kann ich ihm dann entgehen?" fragte sie, indem sie auf den Scherz einging.

„Vielleicht doch. Ich jedenfalls möchte Sie vor allem Bösen bewahren!" Das klang wieder sehr ernst.

„Ich danke Ihnen dafür!"

Es wurde wieder unruhig im Hof. Monika rief nach Josi.

„Ich muß gehen!" sagte Josi.

„Gute Nacht!" rief er ihr zu und wandte sich ab.

Josi erwiderte den Gruß; dann lauschte sie auf seinen Schritt, der draußen auf der dunklen Straße verklang. Heimlich stahl sie sich ins Haus zurück.

Die Veränderung in Josis Gestalt schritt fort. Den Männern vom Grünland fiel es nicht auf; sie sahen sie ja ständig, und die Wandlung vollzog sich ganz allmählich. Frohlander schien offenbar gar nichts davon zu bemerken. Nichts in seinem verschlossenen Gesicht verriet ein Anzeichen davon.

Aber Monika, die die Magd mit mehr Aufmerksamkeit beobachtete, machte sich bisweilen ernste Gedanken. Sie erinnerte sich daran, wie schön, wie zart und fein Josi einmal gewesen war. Bei der ersten Begegnung am Tag ihres Einstands hatte ihre Erscheinung Monika geradezu bezaubert. Sie war nicht neidisch gewesen und hatte eingesehen, daß Josi einer ganz anderen Welt entstammte, einer Welt, in der man Wert darauf legte, gepflegt und hübsch auszusehen. Durch die harte Arbeit aber und durch Sonne und Luft, Wind und Wetter war Josis Anmut nach und nach immer mehr verlorengegangen; sie hatte ja weder Zeit noch Möglichkeit, sich durch sorgfältige Pflege ihre Schönheit zu bewahren.

Trotzdem aber fand Monika die Veränderungen, die in Josis Gesicht und an ihrer Gestalt vor sich gegangen waren, geradezu unnatürlich. Die Haut in ihrem Gesicht war nicht nur derb und rauh geworden, sie zeigte auch eigentümliche Flecken. Auch ihre schlanke Taille war verlorengegangen. Die Hüften waren breiter geworden, und die Arme zeigten eine muskulöse Rundung. Das mochte vielleicht von dem festen Zupacken bei der täglichen Arbeit kommen.

Monika hatte Mitleid mit Josi, die zweifellos unter gesundheitlichen Störungen litt, sie aber unter allen Umständen zu verbergen suchte. Oft überraschte Monika die Magd, wenn sie in trübem Nachdenken irgendwo im Verborgenen verharrte, und wenn sie, angerufen, aufschaute, war in ihren Augen ein feuchter Schimmer zu erkennen.

Tränen? Sollte etwa —? Nein, das konnte doch nicht sein! So hartnäckig würde Josi nicht lügen können, denn einmal müßte es ja aufkommen!

Aber diese Zweifel regten sich immer wieder in Monika, und sie beobachtete die Magd sehr genau.

„Was fehlt dir denn, Josefa? Willst du dich mir nicht anvertrauen?"

Aber Josi schwieg.

„Vielleicht ist es Heimweh", sagte sie ausweichend.

Und Monika behielt ihre Gedanken für sich.

Noch einige Male war Josi auf ihren Wegen über das Moor unversehens der Katzen-Urschl begegnet. Die Alte war immer allein. Jedesmal hing ein geflochtener Korb an ihrem Arm, und an einem Leibgurt war ein kleiner Blechtopf befestigt. Offenbar befand sie sich auf der Suche nach den Rauschbeeren, die im Gestrüpp wuchsen. Sie war immer gleich gekleidet; vielleicht hatte sie nur diese Kleidung, in der sie wirklich einen unheimlichen Eindruck machte. Sie glich tatsächlich einer vorzeitlichen Hexe von unzerstörbarer Gesundheit und Zählebigkeit. Ihr Schritt war so behende, daß der lange Rock, den sie wie eine Schleppe nachzog, den Staub der Straße aufwirbelte. Diese Behendigkeit ihres alten, gekrümmten Körpers wirkte fast grotesk.

Es gelang Josi nicht immer, der Alten noch rechtzeitig auszuweichen und vor ihr die Flucht zu ergreifen. Freilich ließ sie sich von ihr nie aufhalten; sie machte einen weiten Bogen um sie und ging sehr rasch an ihr vorbei.

Aber jedesmal rief ihr die Urschl mit ihrem meckernden, höhnischen Lachen ein paar Weissagungen nach, die aber keineswegs ermutigend klangen; aber sie waren so hintergründig und andeutungsvoll, als wäre sie längst hinter das Geheimnis der Magd gekommen.

Und als sich für Josi dann das erste Mal die Gelegenheit ergab, mit Hans Mohr die Katzen-Urschl in ihrer Behausung aufzusuchen, folgte sie ihm mit einem gewissen Grauen. Sie bat ihn sogar, er möge doch davon Abstand nehmen, weil die Alte auf sie einen denkbar ungünstigen Eindruck gemacht habe; sie fürchte sich vor ihr, da sie doch nun einmal unter dem Verdacht des Gattenmordes gestanden habe.

Aber der Lehrer lachte nur.

„Gerade deshalb sollen Sie heut mit mir kommen! Sie sollen die Überzeugung gewinnen, daß die Urschl keine Mörderin ist und gar nicht sein kann. Stellen Sie sich doch einmal vor, daß sie ein ganzes Leben lang aus aller menschlichen Gemeinschaft ausgeschlossen war. Sie ist eigentlich ein ganz bedauernswerter Mensch. Es gibt eben einfach immer wieder Leute, die an die Kunst des Wahrsagens glauben. Ist das ihre Schuld? Soll sie vor ihnen ihre Tür verschließen?“

„Ich habe gemeint, daß die Wahrsagerei verboten ist.“

„Allerdings — wenn daraus ein Gewerbe gemacht wird. Aber das tut die Katzen-Urschl nicht. Wenn ihr jemand etwas schenkt, dann darf sie es ja nehmen. Und, das halte ich übrigens für sehr lobenswert, sie sagt den Leuten nur das Gute über ihre Zukunft.“

„Ein Zeichen dafür, daß sie lügt!“

„Gewiß. Ich halte aber diese Art Lüge für sehr gut. Man muß den Leuten die Verzweiflung nehmen, wenn sie in eine schlimme Lage geraten sind; sie müssen zurückfinden zum Glauben an eine bessere Zukunft. In den meisten Fällen trifft es doch zu, daß alles wieder einmal gut wird. Der Christ sagt: ‚Wenn die Not am größten, ist Gottes Hilfe am nächsten.‘ Ein Spruch unserer Leute hier lautet: ‚Nichts hängt hundert Jahre auf eine Seite.‘ Oder: ‚Je größer das Übel, desto zerbrechlicher seine Beine!‘ Auf diesen einfachen Weisheiten gründet die Katzen-Urschl ihre Kunst. Ist das ein Verbrechen?“

„Gewiß nicht.“

Durch ein dichtwucherndes Gestrüpp und vorbei an Sümpfen und Tümpeln, aus denen bei ihrer Annäherung Wildenten und andere Vögel aufflogen, führte der Weg auf den Filzboden hinaus, auf dem einsam ein kleines, altes Haus stand. Es war eine typische, sehr bescheidene Wohnstätte der Moormenschen mit den schmalen Fenstern ohne Vorhänge, mit der schiefen Tür und dem verwitterten Gemäuer. Aus allen Löchern und Öffnungen schaute die Dürftigkeit.

Die Haustür stand weit offen, als die beiden herankamen. Hans Mohr ging ohne Zögern darauf zu; man erkannte daraus, daß er hier schon öfters gewesen war.

Durch den finsteren Hausgang tollte ein ganzes Rudel von Katzen. Sie wichen in das dunkle Innere zurück, und ihre grünen Augen funkelten gespenstisch daraus hervor.

Hans Mohr pochte an die erste Tür, die schief und morsch in den Angeln hing, während Josi mit fast ängstlicher Zurückhaltung die eigentümliche Hexenburg betrachtete. Sie konnte nicht verstehen, warum Hans Mohr sie hierher geführt hatte; sie hatte kein Interesse an dieser Frau.

Da rief von drinnen eine schnarrende Stimme die Aufforderung zum Eintreten.

Sie kamen in eine rußgeschwärzte Küche, in der es unangenehm nach mancherlei Dämpfen und saurer Milch roch. Ein Tisch, der von Fliegenschwärmen belagert war, ein paar rohgezimmerte Hocker, ein alter, rostiger Eisenherd — das war die ganze Einrichtung.

Die Urschl drehte sich am Herd um und schaute ihnen verwundert und nicht ohne Freude entgegen. Sie trug auch jetzt ihr Kopftuch, und ihr runzeliges, krummnasiges Hexengesicht, in dem stellenweise Barthaare wuchsen, zeigte ein geschmeicheltes Lächeln. Sofort rückte sie ein paar Hocker zurecht und lud die Gäste zum Sitzen ein. Sie selbst ließ sich auf eine Bank am Herd nieder.

„Wir kamen gerade bei dir vorbei, Urschl", sagte Hans Mohr. „Ich hoffe, daß dir unser Besuch nicht unangenehm ist!"

Die Alte verzog den Mund zu einem häßlichen Lachen. „Wenn es nicht aus bloßer Neugierde ist —" Ihr Blick ruhte unverwandt auf dem Gesicht des Mädchens. „Womit kann ich dienen? Will sie die Zukunft wissen? Ich habe ihr schon gesagt, daß sie nichts zu fürchten hat."

„Das ist Josefa, die Magd bei Frohlander", erklärte der Lehrer.

„Ich weiß schon", erwiderte die Alte. Dann stand sie auf und kam langsam heran; dabei ließ sie Josi nicht aus den Augen. „Es geht dir nicht gut beim Frohlander. Du hättest dir einen besseren Platz suchen sollen."

„Nein, nein! Es geht mir schon gut", antwortete Josi abwehrend.

Die Alte warf ihr einen unzufriedenen Blick zu.

„Warum lügst du? Willst du den Frohlander verteidigen? Wir kennen ihn genau, den Rosengärtner vom Grünland! Nicht wahr, Lehrer? Weißt du, daß er dich für einen gestrauchelten Menschen hält? Er hat dich nur aus Erbarmen in sein Haus aufgenommen, weil seine Tochter ihm zugeredet hat! Jetzt aber sieht er, daß er dich für die Arbeit recht gut gebrauchen kann."

Josi sagte nichts mehr. Was hatte es auch für einen Sinn, mit diesem Weib zu streiten? Aber daß Hans Mohr gegen die Meinung der Alten gar nichts zu sagen wußte, das störte sie.

Die Hexe schien ihre Gedanken zu erraten.

„Unser Lehrer ist ein guter Mensch", fuhr sie fort. „Vielleicht hast du das schon bemerkt. Wenn du ihm vertraust, dann wird er dir schon über alle Not hinweghelfen —"

Kein Zweifel, das ist eine Verabredung, dachte Josi; Hans Mohr hatte sie mit bestimmter Absicht zu der Hexe geführt.

Da ergriff die Urschl ihre Hand und begann darin aufmerksam zu lesen. Das dauerte eine ganze Weile. Josi fühlte wieder die Angst in sich aufsteigen, als sie spürte, wie die kalten knochigen Finger über ihre Handfläche tasteten. Hilfesuchend schaute sie Hans Mohr an, aber der lachte ihr aufmunternd und heiter zu.

„Nein, es ist kein Grund zur Besorgnis", sagte die Alte jetzt. „Dein Weg übers Moor endet in glücklichen Feldern! Du gehst einem ganz neuen Morgen entgegen!"

Sie ließ Josis Hand los, stieß ein meckerndes Lachen aus und ging, den langen Rock nachschleifend, zu einem altertümlichen Schrank; dort holte sie zwei Gläser hervor, die sie aus einer Flasche füllte. Eines davon reichte sie dem Lehrer, das andere Josi.

„Zum Wohl!“ sagte sie freundlich. „Er ist im Moor gewachsen.“

Josi hielt das Glas in der Hand und wagte nicht zu trinken.

„Beerenwein“, flüsterte Hans Mohr ihr zu. „Er ist gut!“ Damit leerte er das Glas auf einen Zug.

Jetzt trank auch Josi, und sie war überrascht über den guten Geschmack.

„Ja, er ist wirklich gut!“ gestand sie.

Die Alte lachte.

„Damit habe ich schon Menschen umgebracht!“ höhnte sie. „Jawohl, so wurde es behauptet. Aber Lügen haben kurze Beine! Von denen, die das behauptet haben, ist keiner mehr am Leben.“

Immer wieder unterbrach sie sich durch ein meckerndes Lachen. Dann wandte sie sich wieder Josi zu:

„Ich freu mich, daß du zu mir gekommen bist! Du hast dich damals sehr vor mir gefürchtet. Ich weiß schon, ich bin ein garstiges Weib. Aber ich tu niemand etwas zuleide.“

Als sie dann fortgingen, begleitete die Urschl ihre Gäste noch vor die Tür. Die Katzen sprangen an ihr hinauf und setzten sich miauend auf ihren Rücken und auf ihre Schultern.

„Meine Freunde!“ sagte sie und strich zärtlich über die Felle.

„Nun?“ fragte Hans Mohr, als sie ein Stück vom Haus entfernt waren.

Josi zuckte die Schultern. Sie wußte nichts darauf zu antworten.

„Sie ist ein wunderliches Weib. Aber sie ist nicht bös!“ sagte er.

## 8

Der Herbst war gekommen. Frohlander war längst nach Schloß Kronberg aufgebrochen, wo er in festem Auftrag, wie jedes Jahr, die Beete und Rabatten bearbeitete und zum Schutz vor dem Winter sorgsam abdeckte. Darüber vergingen immer mehrere Wochen, und jetzt im Herbst, wenn das Wetter schlecht war und die Wege unter Wasser standen, wohnte Frohlander im Schloß und kam überhaupt nicht ins Grünland heim.

Als Frohlander schon fast einen Monat abwesend war, geschah es eines Nachts, daß Josi, nachdem sie schon am Abend eine starke innerliche Unruhe verraten hatte, in ihrer Kammer umherwanderte, von Angst und schlimmer Vorahnung getrieben. Das ging so bis weit über Mitternacht hinaus.

Dann verließ Josi plötzlich ihre Stube und schlich an der Wand entlang durch den dunklen Söller bis an Monikas Kammertür. Hier verharrte sie noch eine kleine Weile; dann klopfte sie ein paarmal heftig an die Tür.

Sie wußte nicht, wie spät es war; sie rechnete sich nur aus, daß es nicht mehr weit bis zum Morgen sein konnte, obwohl draußen noch alles in tiefem Dunkel lag. Josi hatte warten wollen, bis wenigstens das erste Licht anbrach, aber sie schaffte es nicht mehr; sie mußte jemanden zu Hilfe rufen.

Monika wunderte sich nicht wenig, als sie, durch das Klopfen aufgeweckt, die Öllampe anzündete und Josi in ihre Kammer treten sah. Erschrocken sprang sie aus dem Bett und eilte auf sie zu. Als der Schein des Lichtes auf ihr Gesicht fiel, hatte sie die furchtbare Angst gesehen, die Josis Züge verzerrte.

„Josefa!“ rief sie. „Um Gottes willen, was ist geschehen?“

Josi ließ sich erschöpft gegen die Tür zurücksinken. Ihre großen Augen schauten tränenerfüllt auf das flackernde Licht der Lampe, und dann suchte ihr Blick Monikas Gesicht.

„Hilf mir, Monika! Ich kann nicht mehr!" stöhnte sie.

Da zog sich die Monika schnell ein Kleid an, griff nach der Lampe und ergriff Josi am Arm.

„Komm!" sagte sie und führte das Mädchen in ihre Kammer zurück. Bekümmert und sorgsam brachte sie Josi ins Bett.

„Wann ist es denn gekommen?" fragte sie.

„Ich spüre es schon seit gestern abend. Doch ich hatte gehofft, die Nacht noch zu überstehen —"

„Was ist geschehen?"

Sie erhielt nicht gleich eine Antwort. Wie von unsichtbaren Händen gewürgt, war Josi zurückgesunken und wandte sich stöhnend ab.

Monika eilte auf sie zu, und Josi packte ihre Hände mit verzweifelter Kraft.

„Was soll ich tun?" fragte Monika.

Langsam beruhigte sich Josi.

„Bitte, öffne den Schrank. Ich habe alles vorbereitet — zumeist in den Nächten und oft bei schlechtem Licht." Das Sprechen machte ihr immer noch große Mühe.

Monika öffnete den Schrank und schaute auf die Sachen, die dort säuberlich bereit lagen. Sie ergriff ein paar Kinderhemdchen und Windeln — und dann schaute sie zu Josi zurück.

„Josefa!"

Josi wandte sich ab. Sie legte die Hände vor das Gesicht und weinte.

„Ich habe es geahnt", sagte Monika, „aber ich wollte es nicht glauben. Immer wenn dieser Gedanke auftauchte, habe ich mich dagegen gewehrt. Ich wollte es nicht wahrhaben und hab es mir immer wieder ausgeredet, schon damals, als du im Garten in Ohnmacht fielst, und auch später, als mir die Veränderungen an dir auffielen. Ich hab der Arbeit die Schuld gegeben, der Überforderung deiner Kräfte. Nein, Josefa, ich wollte es nicht glauben, daß du mir das verheimlichst — daß du mich belügst!"

Vom Bett her ertönte ein lautes Schluchzen.

„Hast du denn nicht bedacht, daß es einmal offenbar werden mußte? Ein Glück, daß der Vater nicht da ist! Aber er wird nun bald zurückkommen. Das läßt sich nicht ändern, Josefa! Warum hast du das getan?"

„Verlaß mich jetzt nicht, Monika! Ich habe mich so sehr vor deinem Vater gefürchtet und Angst davor gehabt, aus dem Haus gejagt zu werden; deshalb hab ich nie den Mut zum Bekenntnis gefunden."

Ein Schmerz, wie sie ihn bis jetzt noch nie gefühlt hatte, verschloß ihr plötzlich den Mund. Sie preßte das Gesicht in das Kissen und unterdrückte den Schrei, der sich ihrer Kehle entringen wollte. Da ergriff Monika wieder heftiges Mitleid mit ihr. Man durfte sie jetzt nicht einfach ohne Hilfe lassen.

„Ich werde Martin wecken, damit er zum Graben hinab läuft und die Jul holt", sagte sie entschlossen.

Josi wollte sich noch einmal gegen die unausweichliche Erfüllung ihres Schicksals aufbäumen.

„Muß das sein, Monika?"

„Was sollten wir denn sonst tun?" entgegnete Monika, die jetzt vollkommen gefaßt war. „Nimm es in Gottes Namen, wie es kommt, Josefa."

Nun war sie wieder ganz die alte, gute Monika, die keinen Menschen leiden sehen konnte, ohne ihm zu Hilfe zu kommen.

Sie verließ die Kammer und eilte über den Söller.

Bald darauf hörte Josi, wie Monika an Martins Tür klopfte und rief. Es dünkte sie eine Ewigkeit, bis der schlaftrunkene junge Mann aufgestanden war.

Endlich hörte sie unten die Haustür zuschlagen.

Wie in einem Fiebertraum sah Josi die zu Gestalten gewordenen Gedanken ihrer Phantasie vorbeijagen. Wirr und unzusammenhängend stieg die Erinnerung in ihr auf wie in einer krankhaften Umnachtung.

„Im Herbst geht bei uns der Erlkönig um! Denken Sie daran!“ hörte sie den Lehrer sagen. Und dann kamen ihr die schönen Stunden ins Gedächtnis, die sie mit ihm im Banne der Musik verbracht hatte — im verlassenen, bienenumsummten Schulhaus vom Graben. Sie sah sich mit ihm im Park von Schloß Kronberg, im Prunkzimmer eines herrschaftlichen Landsitzes. Alles, was sie gesehen und erlebt hatte in diesen Sommermonaten, nahm Gestalt an — und immer stand Hans Mohr neben ihr, klug und gütig . . .

Aber dann erschien plötzlich das harte, düstere Gesicht Frohlanders vor ihr und verdrängte alles, was schön war in ihrem Leben. Sie hörte seine kalte Stimme: ‚Der schwarze Marzell sieht in dir eine leichtfertige Dirne! Wenn ich dir einmal auf eine Lüge komme, dann freilich ist das Ende da —‘

Sie sah das Bildnis des toten Mannes, das zwischen den Fenstern am Getäfel der Stube hing, umgeben von einem Trauerflor — und von einem unsichtbaren, strahlenden Nimbus von unantastbarer Unschuld und Ehrenhaftigkeit, den Frohlander geschaffen hatte.

Nein, woher hätte sie da noch den Mut haben sollen zu einem Geständnis ihrer Schuld? Sie hatte geschwiegen bis zur letzten Stunde. Sie hatte gewußt, daß niemand in diesem Haus ihr verziehen haben würde, wenn sie die Wahrheit bekannt hätte. Sie wäre als Sünderin verdammt und verjagt worden.

Endlich kam Monika zurück. Hinter ihr tauchte die Jul auf. Schon damals, als Josi in der Wirtsstube vom schwarzen Marzell bedrängt wurde, war von dieser Frau so viel

Beruhigung ausgegangen, daß alle Angst von ihr gewichen war. Auch heute wieder erging es ihr ebenso.

Sie suchte in diesem Gesicht nach einem Merkmal der Bestürzung, der Verachtung, der Enttäuschung. Aber sie fand nichts davon.

Die Jul betrachtete die Patientin eine Weile schweigend wie ein sachkundiger Arzt. Dann schickte sie Monika mit einigen Anweisungen hinaus.

Mit unbeweglichem Gesicht versah die Jul geduldig ihren Dienst. Von ihrem ruhigen Wesen strömte eine wunderbare Kraft aus. Gerade die Selbstverständlichkeit, mit der sie ihre Pflicht tat, übertrug sich wohltuend auf Josis Gemüt. Sie schaute unverwandt in dieses Gesicht, und in den Pausen zwischen den Schmerzen suchte sie nach Merkmalen einer verwandtschaftlichen Ähnlichkeit mit dem schwarzen Marzell, der scharfblickend und rücksichtslos in ihre Vergangenheit einzubrechen suchte — der im Dunkel seines Herzens wünschte, daß sie zu den Verlorenen gehörte.

Die Jul aber zeigte keinerlei Gefühlsregung. Sie tat einfach ihre Pflicht wie bei jeder anderen Frau, zu der sie gerufen wurde.

Als alles glücklich vorüber war, sagte sie nur schlicht und sachlich:

„Es ist ein Bub."

Monika war dabei, als der Neugeborene in einen Wäschekorb gebettet und auf einen Stuhl dicht neben Josis Bett gestellt wurde.

Es war am Nachmittag des dritten Tages, als Josi das erste Mal den Schritt Frohlanders im Hause hörte. Sie hatte ein gutes Ohr dafür, und sie hätte ihn aus einem Stampfen von vielen Füßen herausgefunden — so groß war ihre Angst vor dieser Stunde.

Sie stellte sich vor, wie Monika ihm das Ungeheuerliche mitteilte, das während seiner Abwesenheit geschehen war, Sie sah das düstere Gesicht des Mannes, wie darin ein Gewitter aufzog, um sich dann mit grollender Gewalt zu entladen — zuerst über Monika, die nicht den Mut gehabt hatte, die Sünderin auf der Stelle aus dem Haus zu jagen.

Mit bleichem Gesicht lag Josi im Bett und schaute hinüber auf den Korb, den Monika heute in die Ecke gerückt hatte, als wollte sie verhüten, daß das Kind dem Vater gleich vor die Augen käme, wenn er in seinem Zorn die Kammer betrat.

Aber Frohlander kam nicht. Es wurde dunkel. Monika brachte Josi das Nachtessen. Sie sagte nichts über die Heimkehr ihres Vaters und kein Wort über seine Entrüstung.

Als sie wieder gehen wollte, nachdem sie dem kleinen Menschenkind in dem Korb ein paar Zärtlichkeiten gesagt hatte, konnte Josi nicht mehr an sich halten.

„Monika!" stieß sie hervor. „Warum schweigst du? Ich weiß, daß er heute gekommen ist."

„Ja, er ist da."

„Weiß er es schon?"

„Ja."

Josi schaute wie gebannt auf ihren Mund.

„Morgen", sagte Monika nur. „Jetzt mußt du schlafen. Du mußt gesund werden; das Kind braucht dich, Josefa. Gute Nacht!"

Am Vormittag des folgenden Tages hörte schließlich Josi den Schritt Frohlanders auf der Stiege. Sie war nun fast froh, daß diese Angst und Ungewißheit jetzt zu einem Ende kommen würde. Sie spürte, wie ihr Pulsschlag schneller pochte, als die schweren Schritte über den Söller stampften und vor ihrer Kammer einen Moment anhielten.

Dann ging die Tür auf, und Frohlander kam herein. Sein Gesicht war verfinstert; seine robuste Gestalt stand ein wenig gebeugt da, und seine Augen drückten Kälte und Verachtung aus. Von dem Korb in der Ecke nahm er keinerlei Notiz. Sein Blick suchte ihr Gesicht.

„Eine solche also bist du!" sagte er. „Und dazu suchst du dir mein Haus aus und bringst es in Schande!"

Josi schwieg. Sie hätte kein Wort sagen können.

„Deine Lüge war meisterhaft; sie hat gedauert bis zum Ende. Haben wir das um dich verdient?"

„Ich konnte mir nicht helfen", stammelte Josi.

„Wir waren alle dumm genug, nichts zu merken; solche Leute hast du gebraucht", fuhr er fort, ohne ihren Einwand zu beachten. „Aber es wird dir klar sein, daß du, sobald du dich regen kannst, aus dem Haus gehst — mitsamt deinem Pack!"

Er schwieg und schaute sich nach einem Stuhl um, den er zurechtrückte, um sich zu setzen. Es kümmerte ihn nicht, daß vom Bett her ein stilles Weinen klang.

„Ich Narr hab dich selber damals in der Gemeinde als meine Magd angemeldet", knurrte er. „Jetzt darf ich dazu auch noch deinen Fratz anmelden! Ein ehrenvoller Gang, das kann man wohl sagen!"

Er zog sein Notizbuch hervor, um die Daten einzutragen.

„Name?"

„Ich weiß es noch nicht recht", begann sie zögernd, aber als Frohlanders finsterer Blick sie traf, sagte sie hastig:

„Josef." Es fiel ihr im Augenblick kein anderer Name ein als ihr eigener.

„Geboren?"

Sie rechnete die drei Tage zurück und nannte das Datum.

„Unehelich geboren", schrieb er weiter. „Mutter: Josefa Joas. Geboren?"

Sie nannte ihm ihren Geburtstag.

„Dienstmagd — so müssen wir wohl schreiben, obwohl dir eine solch ordentliche Berufsbezeichnung gar nicht zukommt. Der Vater?"

Josi schwieg.

„Name des Kindsvaters?" wiederholte er lauter.

„Der Vater — ist tot."

Sein Blick suchte ihr Gesicht. Einen Augenblick hatte ihn diese Aussage doch ein wenig bewegt.

„Wie hat er geheißen?"

„Das werde ich nicht sagen!"

„Es muß sein!"

„Ich trage alles allein!"

„Damit wird sich das Amt nicht begnügen."

„Ich werde arbeiten und für mein Kind sorgen! Das Andenken an den Vater darf nicht getrübt werden. So will ich es! Kein Amt wird mich bewegen können, seinen Namen zu sagen!"

Frohlander schaute erstaunt auf, und er blickte ihr voll in die Augen. Es strahlte plötzlich etwas von ihr aus, eine stählerne Willenskraft, vor der er sich beugen mußte.

„Die Ehre des Toten ist mir heilig", fügte sie hinzu.

Frohlander stand auf. Dagegen konnte er nichts sagen.

„So jung an einer Krankheit gestorben?" fragte er unwillkürlich.

„Nein — verunglückt."

Frohlander starrte zu Boden. Da war es wieder. Wie viele junge Menschen mußten heute ihr Leben lassen — im Tempo einer wirren Zeit, in der Überforderung menschlicher Kraft.

Er dachte an seinen Sohn. Mit ihm hatte er die schönste Hoffnung seines Lebens zu Grabe getragen. Hatte dieses

Mädel, das da vor ihm in den Kissen lag, nicht dasselbe große Leid getroffen?

Fast schien er die Härte seiner Worte zu bereuen. Aber er konnte ihr nicht helfen! Für eine Magd mit einem vaterlosen Kind war in seinem Haus kein Platz!

Schweigend ging er hinaus, ein wenig gebeugt, und sein Schritt war schwerfällig, als trüge er eine unsichtbare Last auf seinen Schultern aus dieser Kammer.

## 9

Eintönig und träge vergingen für Josi die Tage ihres Wochenbettes. Ein paarmal noch war die alte Jul gekommen, um nach ihr zu sehen; aber keinerlei Komplikationen hatten sich eingestellt.

Josi fühlte sich nur noch nicht kräftig genug, sonst hätte sie schon das Bett verlassen. Auch das Kind war gesund und meldete sein Recht auf das Leben mit kräftigem Geschrei an, wenn die Stillzeit nahte.

Mit ganzer Liebe klammerte sich die junge Mutter an ihr Kind. Sie fand an ihm Halt und schließlich auch den Mut für eine ungewisse Zukunft. Sie rechnete nicht nach, was sie für dieses Kind schon alles ertragen und erduldet hatte an Demütigung und Verzicht, an körperlichen Leiden und Beschwerden. Gerade durch diese harten Umstände entfaltete sich die Hingabe an ihr Kind zu tiefster Innigkeit. Fast war sie froh über die Opfer, die sie dafür noch würde bringen müssen.

Der einzige Mensch, der in diesen Tagen noch zu ihr kam, war Monika. Sie kümmerte sich liebevoll um Josis Genesung und um das Wohlergehen des Kindes.

„Ich habe Geld gespart, Monika", sagte Josi eines Tages. „Wenn du nach Vierlinden kommst, dann besorge mir bitte einen Kinderwagen für den Buben. Er muß ja sein Bettchen haben, wenn ich das Haus verlasse."

Monika nickte, aber sie wollte offenbar nicht über Josis Fortgehen sprechen. Es kam ihr zu hart und grausam vor, etwas darüber zu sagen.

„Dein Vater duldet es nicht, daß ich bleibe."

Monika schwieg. Sie konnte ihr keine Hoffnung machen; der Vater hatte seine Entscheidung nicht zurückgenommen.

Es kam selten vor, daß der große Hund durch sein drohendes Gebell die Annäherung eines Besuchers anzuzeigen hatte. Die Menschen, die mit Frohlander zu tun hatten, kannte Nero längst, und er ließ sie ungehindert ein. Dazu gehörte auch Hans Mohr, der Schulmeister. Josi wußte nicht, ob er inzwischen schon einmal gekommen war.

Eines Tages aber — es war schon spät am Abend — riß Nero mit so wütendem Gebell an seiner Kette, als gelte es, einen Feind vom Haus zu vertreiben. Josi hörte es in ihrer Kammer und fühlte sich beunruhigt. Dann hörte sie den Schritt Frohlanders im Gang und seine Stimme draußen vor der Tür. Der Hund war still geworden.

Mehr erfuhr Josi nicht über den späten Besuch, den Frohlander in die Stube führte. Vielleicht hätte sie sonst in dieser Nacht keine Ruhe mehr gefunden. Denn es war der schwarze Marzell, der Wirt vom Graben.

Martin war schon zu Bett gegangen; nur Monika saß noch beim Vater in der Stube. Sie hatte ihr Flickzeug vor sich auf dem Tisch.

Sowohl Frohlander als auch seine Tochter waren über den Gast höchst erstaunt. Es waren Jahre vergangen, seitdem er das letzte Mal hiergewesen war. Die verschiedenen Lebensauffassungen hatten die beiden Nachbarn bald auseinandergebracht; sie hatten sich nichts zu sagen.

Und jetzt stand der Einarmige plötzlich wieder in der Stube.

Monika hatte nur kurz von ihrer Arbeit aufgeschaut. Frohlander stand mit verschränkten Armen an den Tisch gelehnt und wartete darauf, daß der Nachbar über den Zweck seines Besuches sprechen würde.

Der schwarze Marzell blieb zunächst an der Tür stehen. Es störte ihn nicht, daß ihm kein Platz angeboten wurde. Dann ging er zum Fenster, ergriff eine auf dem Brett liegende Baumschere und hantierte damit.

„Ich komme wegen deiner Magd", sagte er schließlich.

Frohlander wartete. Als aber der schwarze Marzell nicht weitersprach, dauerte es ihm doch zu lange.

„Was ist mit ihr?" fragte er.

Der Einarmige stand am Fenster und wandte ihm den Rücken zu.

„Nach allem, was vorgefallen ist, wirst du sie wohl nicht mehr länger behalten wollen", sagte er und beschäftigte sich immer noch mit der Baumschere. „Du kannst sie ja wegen der Ehre deines Hauses und deines Namens auch nicht behalten. Es würde ein Gerede geben."

Frohlander antwortete nicht. Monika legte das Flickzeug aus der Hand und schaute auf den Mann, der da mit einem leicht spöttischen Unterton von Dingen sprach, die ihn nichts angingen.

„Bei mir ist die Sache ein wenig anders", fuhr Marzell fort, während er immer noch das Gesicht abwandte. „Ich hab für mich und mein Haus keine Ehre und kein Ansehen zu verlieren, weil ich beides gar nicht hab. Man kann sie jetzt nicht vor die Hunde gehen lassen! Ich werd sie nehmen — mit ihrem Kind."

Er schwieg und wartete auf eine Antwort.

Aber Frohlander erwiderte nichts.

Monika wandte ihren Blick dem Vater zu und suchte in seinem Gesicht nach einer Gefühlsregung.

„Auch die Jul, meine Mutter, ist damit einverstanden", fuhr Marzell fort.

„Und wenn sie nun nicht will?" sagte Frohlander endlich.

„Sie hat wohl keine Wahl. Es bliebe ihr dann nur noch die Straße, und der Winter steht vor der Tür. Wer sucht jetzt noch eine Magd — und dazu eine Magd mit einem ledigen Kind?"

„Was willst du mit ihr?"

„Es gibt schon Arbeit für sie. Sie kann sich sogar aussuchen, was sie tun will."

Frohlander schwieg wieder.

Der Einarmige warf plötzlich die Schere auf das Fensterbrett und wandte sich um.

„Ich möchte sie heiraten!"

Nichts im Gesicht Frohlanders verriet Bestürzung oder Widerspruch. Ungerührt stand er da und schaute dem Wirt ins Gesicht.

Monika war aufgestanden und starrte Marzell an.

„Was gibt es denn da zu schauen?" fragte er und sah dem Mädchen fest in die Augen. „Mich kümmert es nicht, daß sie ein Kind hat — auch nicht, wie sie dazu kam und was sonst mit ihr war. Ich nehm sie mitsamt ihrem Kind!"

„Nein!" rief Monika. „So groß ist ihre Not nicht, daß sie dich zum Manne nehmen muß!"

„Weißt du es denn?"

Monika schwieg. Ihr Gesicht war vor Erregung gerötet.

„Hast du sie schon gefragt?" sagte Frohlander.

„Nein. Deshalb bin ich ja gekommen. Sie soll wissen, daß ich zu ihr steh! Jetzt erst recht!"

Er ging auf die Tür zu, offenbar in der Absicht, die junge Mutter sofort in ihrer Kammer aufzusuchen. Aber Monika vertrat ihm den Weg.

„Ich laß dich nicht zu ihr!" rief sie.

„Bist du gefragt?“ knurrte der Wirt. In seinen Augen blitzte es böse auf. „Wenn schon dein Vater nichts dagegen hat — was geht es dich an? Er ist doch wohl der Herr in diesem Haus, wie?“

Monika warf ihrem Vater einen hilfesuchenden Blick zu, aber der rührte sich immer noch nicht.

Erst als der Wirt Monika gewaltsam beiseite schieben wollte, kam Bewegung in Frohlander. Er richtete sich auf und rief gebieterisch:

„Nein! Es ist jetzt weder die Zeit noch der Ort zu einer solchen Frage! Du wirst dich gedulden müssen, bis du sie zu passender Stunde sprechen kannst!“

„Das heißt, bis du sie aus dem Haus geworfen hast, was?“ fragte der Einarmige höhnisch. „Wann wird das denn sein?“

Frohlander stand unerschütterlich da.

„Heut jedenfalls nicht, und morgen auch noch nicht“, sagte er. „Sie hat noch keine Kraft. Meinst du denn, ich bin ein Barbar?“

Der schwarze Marzell sah, daß er seinen Willen nicht durchsetzen konnte. Er zögerte noch eine Weile — und dann ging er plötzlich aus dem Haus.

Der Hund riß wieder mit wütendem Gebell an der Kette, bis der Mann im nächtlichen Gestrüpp verschwunden war.

„Ich dank dir, Vater“, sagte Monika nach einer Weile.

„Wofür?“

„Für dein gutes Wort.“

„Ich mußte es wohl sagen — jetzt und gerade gegen ihn. Aber ich kann ihr nicht helfen. Sie muß gehen! Schluß jetzt damit!“

Monika schwieg. Sie kannte die unbeugsame Art ihres Vaters.

Tage waren seitdem vergangen. Monika hatte in Vierlinden einen Kinderwagen besorgt, ihn der Wöchnerin in die Kammer gestellt und das Kind hineingebettet.

Dann kam ein Sonntag.

Frohlander ging mit seinen Leuten über das Moor zur Messe. Er vermied das Zusammentreffen mit den Moorbauern und Flurnachbarn; er wollte nicht gefragt sein nach seiner Magd und ihrer Verfehlung. Er hatte keinen Zweifel, daß bereits allenthalben darüber gesprochen wurde, denn einzelne Moorbewohner waren inzwischen längst einmal zum Wirtshaus gekommen, und die Jul hatte keinen Grund, das Vorkommnis zu verschweigen. Man wunderte sich wohl schon überall, daß er in seinem angesehenen Haus solche Schändlichkeit duldete. Daß er von dem Zustand seiner Magd nichts gewußt hatte bis zum Tag ihrer Niederkunft, das glaubte ihm ja doch niemand. Deshalb schämte er sich und wollte heute mit niemandem sprechen.

Er schalt sich einen Schwächling, weil er nicht so energisch aufgetreten war, wie es seiner Überzeugung entsprach, weil er plötzlich gezögert hatte, die Magd aus dem Haus zu jagen ohne Rücksicht auf Erbarmen und Menschlichkeit.

Warum hatte er es nicht getan? Nur weil er an das Unheil in seinem eigenen Leben dachte und Vergleiche zog? Was gingen ihn die Not der Magd und der Tod des Kindsvaters an? Nur die Erinnerung an das Unglück seines Sohnes war daran schuld gewesen. Er hatte plötzlich nicht mehr die Kraft gehabt, seinen Zorn durchzusetzen und Josi mit ihrem Kind auf die Straße zu werfen.

Aber jetzt — jetzt mußte es doch geschehen. Und, bei Gott, es würde geschehen! Seinetwegen konnte sie dann beim schwarzen Marzell Unterschlupf suchen!

Josi hatte das Bett verlassen und saß am Fenster ihrer Kammer. Heute hatte sie erstmals die Kraft gespürt für die Rückkehr zum Leben und zur Arbeit. Sie schaute zum Moor hinüber; in dem klaren Föhnwetter waren alle Einzelheiten deutlich zu erkennen. Der Herbst hatte seine fahlen Farben darüber ausgegossen, von den Erlen die Blätter gezupft und im Röhricht die Halme geknickt.

Josi saß immer noch am Fenster, als Frohlander mit Monika und Martin von dem sonntäglichen Kirchgang heimkehrte. Sie hätte heute zu ihnen hinuntergehen und sogar das Essen zubereiten können. Aber sie wagte es nicht. Sie fürchtete sich vor Matthias Frohlander und seiner finsteren Härte. Sie wußte, daß er ihr die Lüge nie verzeihen würde.

Abgesehen von den kurzen Zeiten, wenn Monika ihr das Essen brachte oder beim Wickeln des Kindes behilflich war, verbrachte Josi den Tag ganz allein. Wer sollte auch zu ihr kommen, zu der Fremden in diesem Haus, das meilenweit vom Dorf und allen menschlichen Wohnstätten entfernt lag — in einem Land, das so feindselig und abweisend zum Fenster hereinschaute?

Später sah sie die Geschwister auf den Erlenhain zugehen. Sie suchten wohl im Riedhof kurzweilige Unterhaltung an diesem Sonntag. Nero, die Tigerdogge, durfte sie heute begleiten; mit übermütigen Sprüngen jagte der Hund in die Freiheit hinaus.

Nun war sie wieder mit Matthias Frohlander allein im Haus; wieder umgab sie eine lastende Stille wie damals, als sie, von unbezwingbarer Sehnsucht gepackt, zur Kirche im Graben gelaufen war, um Hans Mohr zu sehen, um sich an seinem ruhigen, freundlichen Wesen aufzurichten in der Düsternis ihres trostlosen Daseins.

Und wie gut hatte ihr das damals getan! Wie weltentrückt hatten sie zusammen musiziert! Nein, das war nicht mehr allein die Freude an der Kunst gewesen, in der sie sich mit solcher Hingabe zusammenfanden; damals war in ihren Herzen ein anderes, stärkeres Gefühl erwachsen.

Das war nun alles vorbei. Es blieb nur die wehmütige Erinnerung an unvergeßliche Stunden. Hans Mohr hatte es nicht verdient, daß er so bitter enttäuscht wurde.

In der Erinnerung an diese schöne Zeit vergaß Josi die Gegenwart. Stunde um Stunde verging, ohne daß sie es beachtete. Im Haus herrschte eine fast lautlose Stille. Manchmal glaubte sie eine Männerstimme zu hören, aber sie klang so fern und leise, daß sie nicht recht daran glaubte. Vielleicht sprach Matthias Frohlander unter dem Druck seiner Gedanken manchmal mit sich selbst?

Und dann ging unten plötzlich die Tür. Josi hatte es deutlich gehört, obwohl die Tür in ungewohnt achtsamer Weise geschlossen wurde. Sie lauschte auf den Tritt — und dann hörte sie ihn auf der Stiege. War das denn Frohlander, der da ging? Der Schritt kam ihr so leise und rücksichtsvoll vor. Sie hörte ihn näherkommen über den Söller — bis vor ihre Tür.

Und da klopfte es auch schon. Sie hatte nicht gleich die Kraft, zu antworten, so sehr war sie erschrocken. Noch einmal wurde geklopft.

Sie nahm ihren Mut zusammen und rief:

„Herein!“

Zögernd beugte sich eine hohe Männergestalt in dem niedrigen Türrahmen vor.

„Darf ich?“ fragte eine klare Stimme. Es war Hans Mohr; mit dem Hut in der Hand stand er da, und das Licht vom Fenster lag auf seinem braunen Gesicht.

„Bitte!“

Josi wünschte sich, in den Boden versinken zu können. Von allen, die sie hier kannte, hatte sie ihn am allerwenigsten erwartet.

Nichts in seinem Gesicht verriet eine Enttäuschung. Mit freimütiger Offenheit trat er ihr entgegen.

„Ich war gerade im Haus und hatte mit Frohlander etwas zu besprechen“, sagte er und zog die Tür hinter sich zu.

Sie wagte es nicht, den Blick zu ihm zu erheben.

„Sie kommen zu mir? Was müssen Sie von mir denken! Können Sie mir wirklich verzeihen?“

„Verzeihen? Was denn?“

„Die Lüge —“

„Sie werden schwer genug daran getragen haben! Sie haben mir große Sorgen gemacht.“

„Wußten Sie denn, daß —“

„Natürlich wußte ich es. Schon seit unserem Tag in Kronberg. Der Arzt hatte es mir verraten, weil ich ihn darum gebeten hatte. Das müssen Sie mir verzeihen. Ich hab es gut gemeint. Ich wollte Ihnen helfen!“

„Ich wollte ja nicht lügen, aber ich habe befürchtet, Ihre Freundschaft zu verlieren, ohne die ich hier nicht leben könnte“, gestand sie.

Er ging zu dem Wagen hin, der in der Ecke stand und schob ein wenig den Vorhang beiseite, um das Kind anzuschauen. Er sah, daß es schlief, und verhielt sich deshalb sehr still.

„Einen Wagen hast du also auch schon?“ flüsterte er. „Trotz allem bist du bereits ein neuer junger Bürger unserer Welt!“

Josi sagte nichts, sie wagte es nicht, zu ihm hinüberzugehen.

Er wandte sich wieder ihr zu.

„Ich hoffe, daß alles gut mit Ihnen und dem Kinde steht.“

Sie nickte.

„Und jetzt?“

„Ich werde dieser Tage das Haus verlassen. Frohlander wartet darauf. Ich darf seine Langmut nicht noch weiter auf die Probe stellen.“

Er schüttelte mißbilligend den Kopf.

„Nein, Sie werden das Haus nicht verlassen!“ sagte er. „Wenn Sie es nicht schon erraten haben, dann will ich Ihnen gestehen, daß ich heute gekommen bin, um mit Frohlander darüber zu sprechen. Sie haben hoffentlich gewußt, daß ich mich um Sie kümmern, daß ich versuchen würde, Sie vor allem Unheil zu bewahren.“

Sie schaute erwartungsvoll zu ihm auf.

„Ich hätte ehrlicher zu den Leuten sein müssen. Ich wollte es auch, aber ich hatte nicht den Mut zu einem Bekenntnis.“

„Sie sollen sich darüber jetzt keine Vorwürfe machen“, erwiderte er. „Ich habe volles Verständnis für Ihr Verhalten.“

„Dafür danke ich Ihnen!“

„Es ist wahr: Frohlander konnte in seinem schlichten Denken allein keinen Ausweg mehr finden. Man mußte ihm helfen. Er ist gar nicht ein so harter Mann, wie man es nach seinem äußeren Verhalten annimmt. Er hat auch ein sehr menschliches Herz. Man mußte ihn nur einmal hinweisen auf die schweren Opfer, die Sie für Ihre ‚Schuld‘, wenn wir es so nennen wollen, schon gebracht haben. Man mußte ihm die ausweglose Lage, in der Sie sich befanden, ein wenig begreiflich machen . . .“

Er schwieg eine Weile. Vielleicht wartete er auf eine Entgegnung, aber Josi war dazu nicht fähig.

„Das habe ich heute getan“, fuhr er fort. „Ich habe ihn hingewiesen auf die Verbrechen auf diesem Gebiet, die heute überall in der Welt geschehen. Ich habe ihn aufmerksam gemacht auf die vielen jungen Menschen, die sich ohne Not, vielleicht nur aus Feigheit und Bequemlichkeit oder Heuchelei, vor diesen Folgen einer Liebesbeziehung drücken, indem sie bedenkenlos eine Schwangerschaft unterbrechen und werdendes Leben vernichten!“

Eine spürbare Erregung hatte Hans Mohr ergriffen, und seine Augen blitzten. Dann besann er sich und schaute zu dem Kinderwagen hinüber.

„Entschuldigen Sie“, sagte er, „ich war zu laut.“

Aber der kleine Schläfer hatte sich nicht stören lassen, und Josi schüttelte nur den Kopf.

„Sie hingegen haben den Mut gehabt, die Mutterschaft auf sich zu nehmen und tapfer zu ertragen, was an Not und Schwierigkeiten daraus für Sie erwachsen mußte. Sie wollten sogar alles allein tragen, ohne Hilfe von anderen Menschen, und deshalb haben Sie geschwiegen bis zum letzten Tag. Ist es nicht so?“

Nun stand sie auf, ging zum Fenster und schaute in die stille, einsame Landschaft hinaus. Sie wurde von tiefer Bewegung ergriffen.

Er sah es, und sein Gesicht spiegelte ein liebevolles Mitleid wider.

„Glauben Sie mir, ich wußte sehr gut, was Sie die ganze Zeit über zu erdulden hatten. Ich habe mich hineingefühlt in Ihre Lage. Ich kenne Frohlander und seine harte Art. Aber Sie dürfen ihn nicht verkennen. Ich habe heute mit ihm gesprochen, und er hat mich verstanden!“

Jetzt wandte sie sich zu ihm um. Ihr Gesicht war bleich, und sie konnte es nicht mehr verhindern, daß ihr die Tränen in die Augen traten.

„Das Größte in der Beziehung der Menschen zueinander ist das Vertrauen“, sagte er. „Überlassen Sie alle weiteren Sorgen mir, ich bitte Sie darum! Vertrauen Sie mir!“

„Ich habe mir Ihnen gegenüber einen Betrug zuschulden kommen lassen“, antwortete sie und schlug die Augen nieder. „Warum? Ich habe mich geschämt. Ich habe befürchtet, Sie würden sich von mir abwenden, wenn Sie die Wahrheit erführen. Und das hätte ich nicht ertragen können. Bitte, verzeihen Sie mir!“

Er griff nach ihrer Hand.

„Machen Sie sich doch keine Gedanken darüber! Sie wissen doch, daß ich Ihnen gut bin. Vergessen Sie also alles, was geschehen ist. Schauen Sie nur noch vorwärts! Sie dürfen nicht von hier fortgehen. Der Winter steht ja vor der Tür."

„Was soll ich denn tun?"

„Bleiben Sie weiterhin im Schutz dieses Hauses! Oder gefällt es Ihnen nicht mehr im Grünland?"

„Doch — das Grünland und das Moor, beides ist mir zur Heimat geworden", sagte sie zögernd.

„Na also! Frohlander wird vielleicht dieser Tage schon mit Ihnen über alles sprechen. Er wird seine harten Worte zurücknehmen. Glauben Sie mir: Er hat ein gutes Herz. Man muß es nur wecken, und das habe ich versucht. Ich glaube, es ist mir gelungen. Freilich, eine bittere Notwendigkeit ist nicht zu umgehen: das Kind muß aus dem Haus. Er will es nicht hierbehalten, weil er um das Ansehen seines Hauses und Namens besorgt ist. Ich weiß nicht, ob Sie das verstehen können. Die Leute sind nun mal so. Der Frohlander fürchtet das Gerede, das über ihn und sein Haus umgehen wird. Ein lediges Kind! Ich konnte ihm seine Sorge einfach nicht ausreden."

Sie war erschrocken.

„Was soll denn dann aus dem Kind werden?"

„Wir werden einen guten Platz dafür suchen."

„Nein! Ich trenne mich nicht von meinem Kind!"

„Das sollen Sie auch nicht. Sie können jeden Sonntag und jede freie Stunde bei Ihrem Kind sein. Lassen Sie mich dafür sorgen, daß es in gute Pflege und Obhut kommt. Aber um des Friedens willen in diesem Hause mußte es sein, daß Sie es fortgeben!"

Je mehr Josi über alles nachdachte, desto deutlicher kam ihr zum Bewußtsein, daß sie nach der Überzeugung der

Leute ein Kind der Schande geboren hatte. Es mußte fort aus diesem Haus, wo so streng auf Ansehen und Ehre gehalten wurde.

Noch wußte sie nicht, wie sie auf Hans Mohrs Vorschlag reagieren sollte. Sie war überzeugt, daß er nur das Beste für sie wollte und auch für sie tun würde. Sie verstand nur nicht, daß es gar keinen anderen Ausweg geben sollte. Das Kind sollte aus dem Haus — das Kind allein! Sie, die Mutter, konnte bleiben, aus Gnade und Barmherzigkeit, weil der Winter vor der Tür stand ...

Wohin sollte sie ihr Kind bringen? Wer würde es denn nehmen, ein lediges Kind? Nein, sie konnte sich nicht davon trennen, um keinen Preis! Wenn im Haus schon kein Platz für das Kind war, dann mußte sie in Gottes Namen irgendwohin fortgehen, auf Wanderschaft, bis ein guter Mensch sich ihrer erbarmte. Sie war bereit zu arbeiten, Tag und Nacht. Das hatte sie ja in diesem Jahr gelernt. Sie war doch keine Bettlerin!

Nein, sie wollte von Frohlander keine Gnade.

Und eines Abends, nachdem Monika sie verlassen hatte, kleidete sie sich rasch an und ging einige Schritte durch das Zimmer, um zu erproben, ob sie auch kräftig genug wäre, um körperliche Anstrengungen auf sich zu nehmen.

Sie öffnete leise die Tür und lauschte. Frohlander war heute mit seinem Sohn auswärts; sie würden erst spät in der Nacht zurückkommen. Das hatte sie von Monika erfahren, und dabei hatte sie plötzlich den entscheidenden Entschluß gefaßt.

„Morgen kommst du in die Küche. Du brauchtst noch nicht hart zu arbeiten", hatte die Monika heute noch gesagt. „Der Vater läßt dich schon in Frieden. Er hat eingesehen, daß nichts mehr zu ändern ist. Und für dein Kind werden wir schon eine gute Pflege finden! Es wird schon alles wieder in Ordnung kommen, Josefa! Schlaf also gut!"

Nichts mehr rührte sich im Haus. Die Monika hatte sich hingelegt und war gewiß schon eingeschlafen.

Josi wickelte ihr Kind warm ein und legte es auf das Bett. Dann packte sie ihre wenigen Habseligkeiten zusammen, nahm das kleine Bündel an sich und hob das Kind auf ihren Arm.

Sie löschte das Licht und schlich leise die Stiege hinab. Ungehört verließ sie das Haus.

Nero tanzte freudig an der Kette, als er seine Freundin nach so langer Zeit wiedersah.

Josi sagte noch ein paar zärtliche Worte zu dem treuen Hund, und dann begab sie sich auf die Flucht über das nächtliche Moor.

Als sie über den Strupp hinablief und von fern schon das Licht des Wirtshauses sah, machte sie sich Sorgen darüber, ob sie unbemerkt und ungehindert daran vorbeikommen würde. Aber sie konnte dem Haus nicht ausweichen; sie kannte keinen anderen Weg. Der schwarze Marzell würde sie womöglich verfolgen, sie gewaltsam zurückhalten wollen und ihr seine Liebe und Ergebenheit mit seiner ganzen Leidenschaft aufdrängen. Er konnte anscheinend nicht begreifen, warum sie ihn abwies und warum sie sich immer noch vor ihm fürchtete. Jetzt, da sie in öffentliche Schande geraten war, glaubte er, daß sie auf seine Hilfe und auf seinen Beistand angewiesen war.

Sie wagte kaum aufzutreten, als sie sich dem Haus näherte und daran vorbeiging. Im beleuchteten Fenster sah sie den Schatten einer Gestalt, und schon an den Umrissen erkannte sie, daß der Marzell dort stand. Aber er schaute nicht heraus, sondern kehrte dem Fenster den Rücken zu. Vielleicht sprach er gerade mit ein paar Gästen. Er ahnte nicht, daß sie in diesem Augenblick an seinem Haus vorbeiging. Trotzdem fürchtete sie sich und beschleunigte ihren Schritt. Sie atmete erleichtert auf, als das Wirtshaus schon ein gutes Stück hinter ihr lag.

Die Nacht wurde dichter, Nebel senkte sich herab. Josi fing an zu frösteln, und eine bleierne Müdigkeit ergriff sie. Sie war eben an keine Anstrengungen mehr gewöhnt.

„Lieber Gott, laß mich durchhalten!“ betete sie. „Erbarm dich des Kindes!“

Manchmal flog geräuschvoll ein Vogel im Gebüsch auf, und unheimliche Stimmen erklangen. Das Moor träumte.

Josi ging weiter, Schritt für Schritt. Sie hatte kein Ziel, sie wollte nur fort, so weit wie möglich.

Bald mußte die Kirche in Sicht kommen. Daneben stand das Schulhaus. Dort gab es einen Menschen, dessen Bild in ihrem Herzen lebendig war. Aber sie mußte von ihm gehen!

Da regte sich ihr Gewissen. Sie tat Hans Mohr bitter unrecht. Wie enttäuscht würde er sein, wenn er erfuhr, daß sie heimlich geflohen war. Der Gedanke tat ihr weh — aber da war das Kind. Sie wollte an ihm ihre Pflicht tun und alles für den unschuldigen Buben opfern. Sie mußte verzichten und alles zurücklassen, was ihrem Herzen teuer war — auch Hans Mohr. Sie mußte fort und irgendwo unter fremden Menschen einen neuen Anfang finden!

Josi ging weiter; Schritt für Schritt kämpfte sie sich vorwärts durch das unheimliche Moor. Plötzlich blieb sie erschrocken stehen. Nur wenige Meter vor ihr war eine Gestalt wie aus der Erde aufgetaucht; sie stand mitten im Weg und schien auf ihre Annäherung zu warten. Es war zu dunkel, um ein Gesicht erkennen zu können, aber den Umrissen nach mußte die Gestalt eine Frau sein.

Und da kam die Gestalt schon auf sie zu.

„Wo gehst du hin?“ fragte eine krächzende Stimme. „Mitten in der Nacht?“

Es war die Katzen-Urschl.

„Fort“, antwortete Josi und wollte an der Alten vorbeilaufen.

Aber die Urschl streckte blitzschnell die Hand aus und packte sie beim Arm.

„Bleib!" befahl sie streng. „Was willst du mit deinem Kind in der Nacht hier im Moor?"

„Ich will fort! Laß mich!"

„Nein! Du würdest noch eine Weile gehen und dann zusammenbrechen. Hast du nicht bedacht, daß im Moor der Tod lauert?"

Die Stimme der Alten klang vorwurfsvoll und gebieterisch.

Josi schwieg. Ein leises Wimmern erklang aus dem Steckkissen. Was soll ich nur tun, dachte Josi.

„Hat der Frohlander dich hinausgeworfen? Ich weiß schon, die Ehre seines Hauses geht ihm über alle Menschlichkeit."

„Nein", antwortete Josi.

„Warum bist du dann unterwegs?"

Josi schwieg.

„Komm!" sagte die Alte plötzlich mit ganz veränderter, gütiger Stimme. „Du bleibst diese Nacht bei mir! Ich laß dich nicht weiter gehen. Das Moor ist vernebelt; du könntest den Weg gar nicht finden. Und wenn du morgen glaubst, daß mein Haus zu schlecht ist für dich, dann magst du gehen. Aber erst wenn es Tag geworden ist! In der Nacht kämst du im Moor um!"

Noch immer wollte sich Josi wehren. Vor der unheimlichen Alten, von der die Leute behaupteten, daß sie ihren eigenen Mann auf dem Gewissen habe, hatte sie noch weit mehr Angst als vor dem nächtlichen Moor.

Aber sie konnte ihr nicht entrinnen.

„Vorwärts!" befahl die Urschl, und gewaltsam zog sie Josi mit sich fort.

„Es hat doch alles seinen Sinn, was auf der Welt geschieht", redete die Alte vor sich hin. „Ich hab heut abend im Schilf dort drüben meinen Schlüssel verloren; er ist mir aus dem Korb gefallen. Bis in die späte Nacht hinein habe ich gesucht, bis ich ihn endlich fand. Sonst wäre ich jetzt nicht mehr auf dem Weg, und du hättest den Tod gefunden im Moor, zusammen mit deinem Kind!"

Bald war Josi in der kleinen, schmutzigen Küche der Alten, wo es so eigenartig nach seltsamen Dämpfen roch. Sie drückte ihr Kind an sich und schaute bei dem trüben Licht zu, wie die Urschl im Herd Feuer machte und die Milch wärmte, umgeben von einem Rudel Katzen, die vor Freude über die Heimkehr der Gönnerin jaulten.

Die Urschl schien die Gedanken des Mädchens zu erraten.

„Wenn du Angst vor mir hast, dann frag meine Katzen, wer ich bin!" sagte sie und lachte mit zahnlosem Mund. „Du wirst schon einsehen, daß ich keiner Kreatur etwas zuleide tun kann."

Später bekam Josi von ihr einen heißen, wohlschmekkenden Tee, und für das Kind brachte sie warme Milch.

Dann führte die Urschl ihren Gast in eine einfache Kammer, in der nur ein altertümliches Bett stand mit leinenbezogenen, rotkarierten Kissen. Neben das Bett stellte die Urschl einen Wäschekorb mit warmen Decken.

„Hier kannst du dein Kind hineinbetten", sagte sie und schloß das Fenster, das wohl den ganzen Tag offengestanden hatte. „Ich laß dir das Licht da", fuhr sie fort und stellte das Öllämpchen auf das Fensterbrett. „Vergiß aber nicht, es auszulöschen, ehe du einschläfst! Und jetzt — gut Nacht!"

## 10

Wenn Josi sich auch fest vorgenommen hatte, gleich beim Anbruch des neuen Tages das unheimliche Haus zu verlassen, so kam es doch nicht dazu. Auf dem nächtlichen

Weg durch das Moor hatte sich das Kind in der nebligen Luft ein wenig erkältet und fing zu fiebern an.

Ohne daß Josi zu der Katzen-Urschl etwas sagte, wußte die Alte sofort, daß etwas nicht in Ordnung war.

„Du kannst nicht fortgehen", sagte sie. „Das Kind ist krank geworden und muß kuriert werden!"

Und jetzt geschah etwas, was Josi nie geglaubt hätte, wenn es nicht vor ihren eigenen Augen geschehen wäre. Die Katzen-Urschl umsorgte das Kind mit soviel Geschick und Mühe, wie es eine Mutter nicht besser tun konnte. Sie bereitete heilsame Tränklein, besorgte warme Packungen und wich nicht von dem Bett des Buben, bis die Gefahr einer Lungenentzündung beseitigt war. Das alles tat sie mit großer Geduld und Liebe, und stündlich wuchs in Josi das Vertrauen zu dieser seltsamen Frau.

„Siehst du? Mein Gott, was hättest du angerichtet, wenn ich dich nicht mit mir ins Haus genommen hätte! Hast du noch immer kein Vertrauen zu mir?"

„Doch, ich vertraue dir!" erwiderte Josi beschämt.

Die Alte lachte ihr begütigend zu.

„Wir sind beide Verfolgte. Dir haben sie zugesetzt, weil du ins Unglück geraten bist, und mir gehen die Leute aus dem Weg, weil einmal ein paar verlogene Schwätzer mich verleumdet haben!"

Wenige Tage später, als das Kind bereits wieder genesen war, sagte die Urschl:

„Wenn du fortgehst, dann geh allein. Laß dein Kind bei mir! Ich werde dafür sorgen. Du wirst draußen überall damit Ärgernis erregen."

Da schaute Josi in das alte, runzlige Gesicht, vor dem sie sich einmal so sehr gefürchtet hatte, und sie fand eine schmerzliche Bitte darin, den Abglanz eines liebevollen Herzens, das nach der Zuneigung eines Menschen verlangte.

Dann erhob sich eines Tages vor der Tür plötzlich ein lauter Lärm. Es war die Stimme der Katzen-Urschl, die heftig aufschrillte. Sie hatte vor dem Haus die Wäsche aufgehängt, während Josi in der Küche mit dem Kind beschäftigt war.

Unwillkürlich horchte Josi gespannt auf; sie witterte die Gefahr. Und da hörte sie eine Männerstimme schreien, die unangenehme Erinnerungen in ihr wachrief. Es war die Stimme des schwarzen Marzell.

„Geh mir aus dem Weg, du alte Hexe!" schrie er. „Oder ich schlag dich nieder!"

Aber die Katzen-Urschl war nicht so leicht einzuschüchtern. Sie wehrte sich standhaft, und ihr Mundwerk war nicht müßig.

„Scher dich weg, du heimtückischer Kerl! Du kommst hier nicht über die Schwelle! Ist das Mädel noch nicht genug gestraft, daß du hinter ihr her bist wie der Satan?"

Jedes Wort konnte Josi nicht verstehen, obwohl laut geschrien wurde. Aber es war ihr klar, daß der schwarze Marzell ihr Versteck ausfindig gemacht hatte und nun gekommen war, um sie zu bedrängen. Zweifellos würde er sich mit Gewalt Zugang verschaffen; sie kannte seine leidenschaftliche Heftigkeit. Sie war zu einem Freiwild geworden, dem jeder Taugenichts nachstellen durfte.

Sie spürte, wie ihr Herz bis zum Hals herauf schlug. Sie hatte Angst, daß jeden Augenblick die Tür auffliegen könnte und die Gestalt des schwarzen Marzell darin erscheinen würde.

Noch verwehrte ihm die Urschl den Eintritt. Sie stieß laute Flüche und Verwünschungen aus, und der schwarze Marzell lachte darüber in unverschämter Weise.

Aber dann wurde es auf einmal still — so still, daß Josi glaubte, es müßte etwas Furchtbares geschehen sein.

Vor dem Fenster ertönten jetzt Schritte; sie konnte nicht unterscheiden, ob sie kamen oder gingen.

Die Urschl schaute zur Tür herein. In ihrem Gesicht flammte noch die Entrüstung.

„Besuch ist da", sagte sie und versuchte zu lächeln — aber es gelang ihr nicht recht.

„Nein!" schrie Josi. „Er darf nicht herein!"

„Wen meinst du?"

„Den Marzell!"

„Ja, der wollte zu dir. Ich habe es ihm verwehrt. Vielleicht hätte er mich sogar geschlagen, er ist ein böser Bursche — aber es kam ein anderer dazu . . ."

Josi schaute gespannt in das Gesicht der Urschl.

„Der Lehrer."

Josi stieß einen Ruf der Freude aus. Hans Mohr betrat die Stube.

„Darf ich . . ."

Sie lief auf ihn zu und ergriff seine Hände.

„Verzeihen Sie mir!" bat sie.

Er nickte nur.

„Ich weiß alles. Die Urschl hat es mir erzählt. Ich war beim Frohlander. Er wird Sie heute abend besuchen. Bitte, kehren Sie zu ihm zurück! Bleiben Sie in seinem Schutz!"

Sie sah ihn maßlos erstaunt an.

„Und das Kind?"

„Das Kind bleibt bei mir!" sagte die Urschl. „Ich werd dafür sorgen wie für mein eigenes!"

Josi schaute von dem einem Gesicht in das andere. Nein, das war keine Verabredung; alles hatte sich aus dem Augenblick so ergeben. Hans Mohr selbst schaute bestürzt in das Gesicht der Alten.

„Du weinst, Urschl?" fragte er.

Die Alte wandte sich ab.

Hans Mohr nickte Josi zu.

„Sie ist gut! Glauben Sie mir das?"

„Ja, ich glaube es."

Am Abend, als es schon zu dunkeln anfing, kam Frohlander in die Hütte. Es waren keine freundlichen Blicke, die er mit der Alten tauschte. Die Urschl schaute ihn herausfordernd an.

„Bist du ein Christ, Frohlander?"

„Laß mich in Ruh!" sagte er barsch. „Ich hab mit dir nichts zu tun!"

Da griff Josi ein.

„Nicht so! Bitte, nicht so! Es trifft niemand eine Schuld! In allen Menschen ist etwas Gutes. Ich hab viel gefehlt, weil ich gelogen habe!"

Da ging die Katzen-Urschl hinaus, um den Mann mit Josi allein zu lassen.

„Warum hast du es getan?" fragte Frohlander. „Man läuft doch nicht einfach davon! Hast du nicht bedacht, daß wir uns alle Sorgen machen? Wir haben einen Tag und eine Nacht nach dir gesucht!"

Josi senkte den Kopf.

„Verzeiht mir! Ich wollte gehen, weil ich soviel Schande über Euer Haus gebracht hab . . ."

Er stand mit unbeweglichem Gesicht da.

„Ich habe Gott gedankt, als der Leher zu uns kam und uns sagen konnte, wo du bist!"

Eine Weile schwiegen sie. Das Kind, das in einem Korb in der Nähe des Herdes lag, fing an zu weinen. Fohlander schaute nicht hin; er nahm keine Notiz davon.

„Ich will, daß du zu uns zurückkehrst", sagte er dann. „Es soll alles vergessen sein, was geschehen ist."

Josi überlegte, daß sie beim Frohlander besser geschützt war als hier bei der Urschl. Morgen schon mochte vielleicht der Marzell wiederkommen. Er würde ihr keine Ruhe mehr lassen.

„Wenn Ihr es wollt, kehre ich zurück."

Er nickte.

„Das Kind bleibt bei der Urschl", fuhr sie fort.

Er sagte nichts darauf.
„Darf ich es am Sonntag besuchen?"
„Ja, ich hab nichts dagegen. Glaubst du, daß es bei diesem Weib in guter Hut ist?"
„Ja, das glaube ich. Übrigens werd ich mich jeden Sonntag selbst davon überzeugen."
Er schüttelte zweifelnd den Kopf.
„Ich fürchte, die Menschen haben der Urschl sehr unrecht getan", sagte Josi.
„Sie ist eine Giftmischerin!"
„Nein!"
„Sie hat ihren Mann umgebracht!"
„Das ist nicht wahr!"
„Weißt du es besser?"
„Jawohl, ich weiß es besser! Ich habe es in diesen Tagen erfahren."
Da sagte er nichts mehr. Eine Weile stand er sehr nachdenklich da.
„Können wir nun gehen?" fragte er dann.
Bis jetzt hatte er dem Kind noch keinen Blick gewidmet — und er würde es auch nicht tun.
„Gleich", antwortete Josi und ging hinaus, um die Urschl zu suchen und mit ihr zu beraten, was sie tun sollte.
Es war Nacht geworden, als Josi mit Matthias Frohlander ins Grünland zurückkehrte.

Der Winter kam. Die Wege über das Moor waren oft sehr beschwerlich, aber trotzdem ging Josi jeden Sonntag zu ihrem Kind. Frohlander gab ihr die große Tigerdogge mit, damit Josi im Notfall einen Schutz hatte. Denn unter den Schneeverwehungen lauerten die Sümpfe.
Auf dem Rückweg klopfte Josi zuweilen am Schulhaus an und verbrachte mit dem immer zufriedenen und frohen Lehrer eine Stunde bei Musik und heiteren Gesprächen.

Josi hatte ihre Anmut zurückgewonnen, und sie war noch schöner geworden, fraulicher, reifer. Das sah nicht nur Hans Mohr, sondern alle merkten es.

Die Arbeit des Gärtners ruhte in diesen winterlichen Tagen. Frohlander erledigte zumeist seine schriftlichen Arbeiten, oder er war mit seinem Sohn in der Scheune bei Vorbereitungen für das Frühjahr beschäftigt.

Monika und die Magd saßen jetzt häufig in der Stube und rüsteten zur Hochzeit, die im Frühjahr stattfinden sollte. Als angehende Riedhofbäuerin hatte Monika allerhand zu richten.

Mehrmals schon hatte Josi einen Brief an ihren Bruder begonnen, aber jedesmal hatte sie ihn wieder zerrissen. Um die Weihnachtszeit aber drängte es sie endlich dazu. Sie schrieb nur wenige Worte, aber sie waren freimütig und ehrlich, so wie sie ihr aus dem Herzen kamen:

Lieber Richard! Es geht mir gut. Nein, nicht so, wie du vielleicht meinst; es geht mir wirklich gut. Am Ende meines Weges habe ich eine neue Welt gefunden — meine Welt. Verzeih den Kummer, den ich dir bereitet habe! Wenn wir uns auch nicht so bald wiedersehen können — einmal kommt schon der Tag. Bis dahin denk freundlich an deine Josi.

Es verging dann freilich noch eine lange Zeit, bis dieser Brief aufgegeben wurde. Josi mußte damit warten, bis Frohlander in die Stadt fuhr und ihn dort in den Briefkasten warf. Sie wollte nicht, daß ihr Aufenthalt durch den Stempel verraten würde.

Als Josi an einem Sonntagnachmittag wieder einmal zur Katzen-Urschl ging, um ihr Kind zu besuchen, stand der schwarze Marzell vor der Tür des Wirtshauses und schaute gelangweilt in den Tag. Zu seinen Füßen saß der struppige Hund. Beide blickten ihr unmutig entgegen, schien es ihr.

Aber heute spürte Josi keine Angst vor diesem Mann. Er konnte ihr nichts mehr anhaben; sie stand ja unter Frohlanders Schutz.

Täuschte sie sich? Plötzlich kam es ihr so vor, als spielte um seinen Mund ein ironisches Lächeln, und seine Augen blickten sie spöttisch an, als wollte er sagen: ‚Siehst du? Deine Scheinheiligkeit konnte mich nicht trügen! Du bist schon die, für die ich dich von Anfang an gehalten habe!'

Da zog er plötzlich seine Mütze zum Gruß und kam heran.

„Gehst du zu deinem Kind?" fragte er.

„Ja."

„Wie geht es dir?"

„Gut."

„Ich habe in der letzten Zeit oft an dich gedacht. Hast es schwer genug gehabt, Mädel! Ich bewundere deinen Mut."

Sie horchte auf. Seine Stimme klang heute ganz anders, so zurückhaltend und ernst.

„Tausend andere in deiner Lage wären zu feige gewesen, die Last des Unglücks bis zu Ende zu tragen", fuhr er fort. „Weißt du, daß du mich beschämt hast? Mußt halt vergessen, was ich dir in meiner Verworfenheit schon angetan hab!"

Sie kannte sich nicht mehr aus mit ihm. Solche Worte hätte sie ihm nie zugetraut. Sie nickte ihm nur zu und ging weiter.

Aber er blieb an ihrer Seite.

„Ich hätt dich auch aufgenommen, wenn ich gewußt hätt, daß der Frohlander dich wegjagen würde."

„Er hat mich nicht weggejagt!"

„Nicht? Aber das Kind will er nicht bei sich im Haus dulden — ist es nicht so?"

„Nun, er hat halt so eine Art . . ."

„Und was ist denn mit dem Vater des Kindes? Kümmert der sich überhaupt nicht um dich?“ fragte er lauernd.

„Er würde es bestimmt tun!“

„Er würde es tun? Kann er es denn nicht?“

„Nein, er ist tot.“

„Ach!“

Da zog er plötzlich die Mütze und blieb zurück.

Josi schaute sich später noch einmal nach ihm um und sah, daß er langsam und nachdenklich auf sein Haus zuging.

Als schließlich der letzte Frost abgeklungen war, brach Frohlander die Erde auf, um die eingemieteten Rosenstöcke hervorzuholen.

An den Bäumen schwollen die Knospen, und über dem Moor lag der Dunst der erwärmten Erde. Der Frühling war angebrochen.

An einem dieser Tage kam Frohlander plötzlich zu Josi in die Küche.

„Ich wollte dir nur sagen, daß ich einen Gärtnergesellen gedungen habe. Die Hochzeit der Monika rückt näher. Die Sorge für das Haus wird dann allein bei dir liegen. Du brauchst dann draußen nicht mehr mithelfen, und am Sonntag sollst du trotzdem dein Kind besuchen können. Ich bitt dich halt, daß alles so bleiben soll zwischen uns, auch wenn die Monika uns verlassen hat. Ich wollt es lange nicht eingestehen, aber es ist schon so, Josefa: Ich brauche dich.“

Sie schaute zu ihm auf und blickte in seine glanzlosen Augen; die Düsternis war jetzt einer leisen Traurigkeit gewichen. Sie empfand plötzlich Mitleid mit ihm und seiner herben Art, die immer wieder verhinderte, daß er sich aus seiner Verschlossenheit löste.

„Ich dank für das Vertrauen“, sagte sie.

Sie merkte, daß er noch etwas sagen wollte, aber er fand offenbar nicht die rechten Worte. Plötzlich wandte er sich von ihr ab und ging davon.

Der Gärtnergeselle, ein älterer, stiller und fleißiger Mann, der einen harten, fremdartigen Dialekt sprach, kam wenige Tage vor der Hochzeit. Er besaß nur das, was er am Leibe trug, und außerdem seine Arbeitskleidung, die er in einem kleinen Bündel mitbrachte. Frohlander hatte ihn durch eine Zeitungsanzeige gefunden, und er mußte erst sehen, ob und wie sie miteinander harmonieren würden. Aber schon nach den ersten Tagen zeigte es sich, daß der neue Hausgenosse wie kaum ein anderer in die Atmosphäre der kleinen Gemeinschaft paßte. Er stellte keinerlei Ansprüche und war bei der Arbeit sehr tüchtig. Offenbar war er froh, eine Heimstatt gefunden zu haben, die seinem Wesen entsprach.

Dann kam der Tag der Hochzeit. Die Trauung fand in der Kirche vom Graben statt, und alle Moorbewohner kamen in festlicher Tracht von überall ringsum herbei, um daran teilzunehmen. Sogar der schwarze Marzell wurde gesehen, der bis zu diesem Tag noch keine Kirche im ganzen Umkreis betreten hatte.

Gefeiert wurde der Tag im Gasthaus zu Vierlinden, denn sowohl der Riedhofbauer als auch der Gärtner hatten dort einen großen Bekanntenkreis und fühlten sich zu einer großen Hochzeitsfeier verpflichtet.

Monikas Abschied von daheim war kurz, aber innig. Frohlander hatte feuchte Augen, als er seine Tochter scheiden sah und ihr seinen Segen mitgab. Sie war die Seele seines Hauses gewesen, seitdem seine Frau gestorben war. Mit ihr verlor er die letzte Stütze seines einsamen Lebens. Martin war noch zu jung, als daß er an ihm einen Halt hätte finden können.

„Verlaß den Vater nicht, Josefa!“ bat die Braut, als sie Josi die Hand zum Abschied gab. „Ich weiß schon, einmal wird es ja dazu kommen; du kannst nicht deine ganzen jungen Jahre dem Grünland zum Opfer bringen. Aber jetzt darf das noch nicht sein!"

## 11

Ein Jahr war seitdem vergangen. Wieder erweckte ein neuer Frühling das Leben der Natur. Im Haus Frohlanders nahm alles seinen geregelten Gang. Josi hantierte in Küche und Haus und war eine tüchtige Wirtschafterin geworden. Allmählich zeigte sich in allen Räumen der Abglanz ihres klaren, freundlichen Wesens. Gleich nachdem der Winter gewichen war, wurden die Wände und Decken der Zimmer frisch getüncht; altes, unbrauchbar gewordenes Gerümpel wurde entfernt und durch neue, freundlichere Einrichtungsgegenstände ersetzt. Endlich einmal kam Licht und Glanz in das düstere alte Haus.

Frohlander ließ seine Magd ungehindert gewähren, und die Neuerungen schienen auch sein Gemüt zu beeinflussen. Es kam jetzt bisweilen vor, daß er mit einem zufriedenen Lächeln sein Einverständnis und seine Freude an dieser neuen Entwicklung ausdrückte.

Aus der stillen, zurückhaltenden Magd von einst war ein aufgeschlossener, fast heiterer Mensch geworden. Die Tapferkeit ihres Herzens hatte die Menschen und das Schicksal besiegt. Es gab heute niemand mehr, der an der Wahrhaftigkeit ihres Wesens zweifelte.

Seit ihr Kind die ersten Schritte machte, hatte sie es in eine Hose gesteckt, und sie freute sich mächtig, wenn sie den kleinen Mann mit seinem gesunden Gesicht auf sich zukommen sah.

Auch die Urschl hatte ihre ganze Liebe auf dieses Kind gerichtet und behütete es wie ihren Augapfel. Daß auch Hans Mohr sehr häufig in das einsame Haus hinter dem

Gestrüpp kam, wußte Josi nicht. Die Urschl verriet ihr nichts davon, denn er wollte es nicht haben, daß sie von seiner Anteilnahme an ihren mütterlichen Sorgen um das Gedeihen des Knaben Kenntnis erhielt. Und so erfuhr Josi nichts von den vielen Freuden, die der Schulmeister vom Moor dem Kind durch Spiele und mitgebrachte Geschenke bereitete. Er wurde ja von niemand gesehen, wenn er über das Moor zum Haus der Katzen-Urschl ging.

Da geschah es, daß er wie in einer plötzlichen Erleuchtung die sich immer klarer abzeichnenden Gesichtszüge des Kindes betrachtete, als hätte er in ihnen in diesem Augenblick einen Menschen erkannt, dem er schon in längst vergangenen Tagen von Angesicht zu Angesicht gegenübergestanden war. Er sah täglich eine große Anzahl von Kindern vor sich, ohne daß ihn jemals die persönliche Note eines einzelnen Gesichtes besonders berührte. Er kannte ihre Väter und Mütter, er wußte über die Eigenart ihrer Familien Bescheid und nahm das alles als selbstverständlich hin.

Jetzt aber ergriff ihn plötzlich ein heftiges Erschrecken. Freilich — die Züge des Kindes hatten unleugbare Ähnlichkeit mit denen der Mutter. Gerade die feine Ausprägung von Stirn und Augen, die er oft an Josi bewundert hatte, fand er auch bei dem Knaben, aber um den Mund zeichnete sich mehr und mehr eine eigentümliche herbe Linie ab, die auch dann noch zu erkennen war, wenn das kleine Gesicht in Freude und Lachen erstrahlte. Dieser eine Zug gab dem Antlitz des Jungen eine besondere und nicht zu übersehende Prägung.

Diese Erkenntnis beeindruckte Hans Mohr so stark, daß er den Gedanken daran nicht mehr loswurde. Selbst daheim bei der täglichen Arbeit, auf seinen Wegen durch das Moor oder beim Angeln an den stillen Bächlein beschäftigte er sich mit dieser Idee. Aber er schwieg und verbarg den Gedanken in sich. Er ließ dem Schicksal seinen Lauf, den es nun einmal in so verschlungener Weise begonnen hatte.

Die Annäherungsversuche des schwarzen Marzell an Josi hatten keineswegs aufgehört, wenn sie jetzt auch in einer ganz anderen Art geschahen. Josi hätte sich nie träumen lassen, daß dieser unfriedliche Mann sich so tadellos benehmen könnte. Wenn sie daran dachte, in welcher Form er ihr früher begegnet war und was für Reden er geführt hatte!

Sie traf ihn nun oft auf dem Wege zu ihrem Kind, und sie hatte keinen Grund mehr, sich vor ihm zu fürchten. Sie wußte nicht, was diese Wandlung in ihm bewirkt hatte, aber die Wandlung war da. Er kümmerte sich sehr um das Ergehen des Kindes, und auch die Jul trat bisweilen hinter ihm aus der Tür des Wirtshauses und hörte Josis Bericht mit an. Sie war ja die Helferin bei der Geburt gewesen und hatte somit auch das Recht, nach dem Gedeihen des Buben zu fragen.

Es war sogar vorgekommen, daß Josi den beiden ins Haus gefolgt war, um sich zu kurzer Rast in der Wirtsstube niederzulassen.

Nein, sie hatte heute keine Angst mehr vor dem schwarzen Marzell. Es war unverkennbar, daß auch sein Äußeres sich gewandelt hatte. Sein Gesicht sah gepflegter aus, seine Kleidung war reinlicher und ordentlicher, und er bemühte sich auch um eine straffere Haltung, in der sein unbeherrschtes Wesen gebändigt erschien.

Josi konnte das Geheimnis seiner Umwandlung nicht ergründen. Freilich spürte sie immer noch seine Leidenschaft hinter den unergründlichen Augen. Man konnte nicht sagen, ob die Zügellosigkeit nicht eines Tages wieder hervorbrechen würde, um alles zu zerstören, was er sich durch ernste Bemühungen selbst geschaffen hatte.

Ob die Leute vom Moor seine Wandlung auch erkannten? Wohl kaum, denn sie hatten kein Interesse an ihm.

Sie holten von seinem Wirtshaus das Bier in ihre Gehöfte, oder sie trafen sich einmal in seiner dumpfen Stube zum unterhaltsamen Gespräch, aber sie kümmerten sich nicht um den Wirt und sein Schicksal.

Doch einer war da, dem die rätselhafte Wandlung im Wesen des schwarzen Marzell nicht entgangen war, und der sein Tun und Treiben argwöhnisch überwachte — einer, der vom Sonnenaufgang bis in die Nacht hinein mit harter Arbeit beschäftigt war und sich an den Sonntagen auf sein Ledersofa scheinbar unbekümmert zur Ruhe ausstreckte — ein Mensch, von dem man es am wenigsten geglaubt hätte, daß er dem Wirt vom Graben Beachtung schenkte: Matthias Frohlander.

Doch warum tat er das? Darauf hätte er wohl selber keine Antwort gewußt. Es war zunächst nur zu beobachten, daß die Gleichgültigkeit, die er einst seiner Magd und allen ihren Nöten gegenüber gezeigt hatte, nach und nach einer wohlwollenden Fürsorge Platz machte. Allmählich begann er sich auf die Stunde zu freuen, in der sie mit ihm und den anderen Hausgenossen am Tisch saß. Es kam sogar so weit, daß er an den Abenden auf ihren Schritt lauschte, bis er dann oben über dem Söller verklang. Er kümmerte sich um Josis Aussehen und um ihre Gemütsstimmung, und er freute sich, wenn sie glücklich und zufrieden zu sein schien.

So fing es an, und es wuchs unaufhörlich in ihm weiter. Das einsame und allen natürlichen Regungen entwöhnte Herz Matthias Frohlanders meldete auf einmal sehr spürbar seine Rechte an. Es war, als hätte plötzlich ein von der Sonne geweckter Keim einen Trieb hervorgebracht, der in rastloser Ungeduld zum Wachstum drängte.

Unsinn, dachte er; das konnte doch nicht sein — und durfte nicht sein! Er rechnete die Jahre nach, die ihn von Josis Jugend trennten. Freilich, die Natur konnte seltsame Streiche spielen. Hatte er nicht schon erlebt, daß bei ungewöhnlichen Witterungseinflüssen ein Baum zweimal im Jahr zur Blüte ansetzte, unbekümmert darum, daß er vor dem Winter keine Frucht mehr tragen konnte?

Matthias Frohlander schwieg. Er ließ Monat um Monat vergehen in der Hoffnung, daß die unsinnige Rastlosigkeit in seinem Blut wieder erlöschen, daß sie untergehen würde in der täglichen Sorge um das Wachstum in den Plantagen und Baumschulen.

Dieses Warten war jedoch vergeblich. Das Herz kam nicht mehr zum Schweigen. Bisweilen ertappte er sich dabei, wie er sich heimlich — was noch nie geschehen war, solange er denken konnte — vor den Spiegel seiner Schlafkammer stellte und seine äußere Erscheinung einer kritischen Betrachtung unterzog. Er kümmerte sich plötzlich um den Sitz seines Anzuges, um die Haltung seines Körpers, um die Pflege seines Bartes und die tägliche Entfernung der grauen Stoppeln von seinen Wangen.

Es war kein Zweifel: Matthias Frohlander hatte sich in seine Magd verliebt.

Er dachte wohl manchmal daran, was Monika, die junge Riedhofbäuerin, zu diesem Abweichen von der nüchternen Geradlinigkeit seines Weges sagen würde. Sie müßte ihn doch einen Narren schelten! Es mochte auch dahin kommen, daß sie sein Haus gar nicht mehr betreten und ihn verachten würde. Er wußte es nicht. Und sein Sohn, der Martin? Er müßte aus allen Wolken fallen! Freilich hing der Junge an Josi wie an einer älteren Schwester — aber eine Mutter könnte sie ihm doch nicht sein! Und Peter, sein toter Sohn? Er konnte nicht mehr sprechen, aber vielleicht würde sein Lächeln auf dem Bildnis plötzlich erlöschen.

Und Josefa selbst, seine Magd?

Nein, tausendmal nein! So weit durfte er sich nicht aus dem Gleis bringen lassen! Sie sah in ihm den Dienstherrn, den ehrenwerten, untadeligen Gärtner Frohlander, der einmal nahe daran gewesen war, sie mit ihrem Kind vor die Tür zu setzen, der nicht geduldet hatte, daß diese Frucht der Schande unter seinen Augen heranwüchse. Er wußte heute nicht mehr, welche Worte er damals in seinem Zorn gesprochen hatte, aber das wußte er noch, daß sie hart und grob gewesen waren.

Aber es war nicht zu leugnen: Das fremde Mädchen hatte ihn besiegt mit ihrem Mut, ihrem Fleiß, mit ihrer Güte und ihrer Heiterkeit. Dazu kam noch, daß er die unverhohlene Absicht des schwarzen Marzell schon früh genug erkannt hatte. Freilich war der Marzell an Jahren erheblich jünger als er, und er hätte mit größerem Recht nach der Hand des Mädchen greifen dürfen, aber über seinem Lebensweg lastete das Dunkel; niemand hatte je erfahren, wo sich der schwarze Marzell all die Jahre aufgehalten hatte, und sein plötzliches Auftauchen bei der Mutter hatte ihn in den zweifelhaften Ruf eines in der Fremde Gestrauchelten gebracht.

Ihm durfte Josi nicht überlassen werden! Und wenn das niemand sonst zu verhindern wagte, dann wollte er selbst die Absichten des Mannes durchkreuzen, und zwar mit allen Mitteln, die ihm zu Gebote standen.

Es war wieder einmal Herbst geworden. Wieder mußten die vielen Rosenstöcke aus der Erde genommen und eingemietet werden. Wieder hatte Frohlander auf Schloß Kronberg den Park für den kommenden Winter vorbereitet.

Müde und von Unlust geplagt, hatte er die Stunden eines Sonntagnachmittags in seinem stillen, verlassenen Haus verbracht.

Als der Abend zu dämmern begann, stand er am Fenster und schaute unentwegt auf das Moor. Josefa war wieder bei ihrem Kind, und nun wartete er darauf, daß sie aus dem Gestrüpp auftauchen würde. Er wußte genau die

Zeit, zu der das immer geschah, und er konnte auf ihre Pünktlichkeit zählen.

Da kam sie auch schon. Aber sie war nicht allein. Wieder wurde sie von dem schwarzen Marzell über den Strupp begleitet. Er ging dicht an ihrer Seite und blieb bei ihr bis zur Umfriedung der Baumschule. Hier blieben sie eine Weile stehen und hatten sich anscheinend noch etwas zu sagen. Mit einem Händedruck schieden sie endlich voneinander.

Matthias Frohlander trat vom Fenster zurück. Er stand im Dunkel der Stube und suchte in das wilde Kreisen seiner Gedanken Ordnung zu bringen. Aber er konnte überlegen, soviel er wollte, er fand keine Lösung. Er erkannte nur, daß jetzt irgend etwas geschehen mußte, ehe das ahnungslose Mädchen den Einflüsterungen dieses zweifelhaften Gesellen unterlag. Es mußte etwas geschehen!

Und was er im Zeitraum von Monaten nicht zustande gebracht hatte — in diesen wenigen Minuten einer heftigen inneren Auseinandersetzung war es ihm gelungen; er hatte einen Entschluß gefaßt.

Nun hörte er, wie Josi das Haus betrat und in die Küche ging. Es dauerte eine lange Weile, bis sie zurückkam. Aber sie ging noch einmal hinaus; er hörte sie vor dem Fenster mit dem Hund sprechen, bis sie dann schließlich eintrat, um ihm ihre Rückkehr zu melden.

Sie mußte ihn erst suchen in der dunklen Stube.

„Ihr habt ja noch gar kein Licht gemacht“, sagte sie verwundert. „Soll ich es anzünden?“

„Nein, laß nur! Ich bin manchmal gern im Dunkeln. Man kann da besser über alles nachdenken, was einem gerade durch den Kopf geht.“

Sie wollte wieder hinausgehen, um das Essen zu bereiten. Aber er hielt sie zurück.

„Wie geht es dem Kind?“ fragte er.

„Gut, die Urschl behandelt es wie ihr eigenes.“

„Es muß doch schon ein großer Bub sein", sagte er.

„Gestern ist er zwei Jahre alt geworden."

„Zwei Jahre? Wie schnell die Zeit vergeht! Dann kann er wohl gar schon sprechen?"

„Und wie!" sagte sie heiter. „Er hat mir immer eine Menge zu erzählen."

Josi wunderte sich sehr über seine Fragen. Es war das erste Mal, daß er sich um das Kind kümmerte. Vielleicht machte er sich doch Vorwürfe, daß er so hart war und dem Buben das Haus verwehrte? Aber er konnte eben sein strenges Wesen nicht ändern. Sie hatte es ihm längst verziehen.

Als er jetzt eine Weile schwieg, wollte sie wieder zur Tür gehen.

„Warte noch", sagte er. „Ich weiß nicht, ob ich vorhin durch das Fenster recht gesehen hab: War es nicht wieder der schwarze Marzell, der dich begleitet hat?"

„Ja, er hat mich über den Strupp gebracht. Als ich am Wirtshaus vorbeikam, hat er an der Tür gestanden."

„Hast du nicht Angst, daß das gefährlich sein könnte? Wer weiß, was für bösartige Absichten er mit sich herumträgt."

„Ja, ich hab mich einmal sehr vor ihm gefürchtet. Aber er ist ein anderer Mensch geworden. Schon lange spür ich, wenn ich ihm begegne, daß er von Reue erfüllt ist. Ich weiß nicht, was ihn so gewandelt hat, aber ich freu mich über seine Bekehrung."

„Bekehrung? Der schwarze Marzell soll sich bekehrt haben?" sagte Frohlander. „Da fließt eher ein Bach bergaufwärts, Josefa!"

„Warum sollte es nicht möglich sein?"

„Wer ein Schurke ist, bleibt ein Schurke! Und daran ist wohl nicht zu zweifeln, daß er wirklich ein schlimmer Patron ist."

Sie wagte es nicht, ihm zu widersprechen. Sein Gesicht war auf einmal wieder finster geworden. So stand er und schaute schweigend zu Boden. Da ging sie hinaus.

Es wurde heute ein wenig später mit dem Nachtessen; trotzdem verließ Frohlander nachher noch das Haus. Er schien sich ganz plötzlich dazu entschlossen zu haben, denn er sprang auf einmal von seinem Stuhl auf und ging hinaus. Er sagte heute auch nicht, wohin er ging oder wann die anderen seine Rückkehr erwarten könnten. Er nahm einfach seinen Hut vom Nagel und verließ die Stube. Sie glaubten, daß er im Garten nur noch rasch etwas erledigen wollte, was ihm gerade eingefallen war.

Aber Matthias Frohlander ging hinab zum Moor.

Der schwarze Marzell war nicht wenig erstaunt, als er seinen Nachbarn vom Grünland zu so später Stunde bei sich eintreten sah. Er hatte mit der Mutter zu Abend gegessen und wollte sich eben faul auf der Bank ausstrecken. Gäste gab es um diese Zeit nicht mehr im Wirtshaus. Jetzt ging er zum Schanktisch und ließ Bier in einen Krug laufen, den er dem Gast vorsetzte.

Aber Frohlander wehrte ab.

„Deswegen bin ich nicht gekommen", sagte er.

„So? Aber bei einem Seidel spricht es sich leichter, Frohlander, wenn du mir etwas zu sagen hast", erwiderte der Marzell.

Frohlander schaute zu der Jul hinüber, die gerade geräuschvoll die Gaststube aufräumte. „Ich möchte mit dir allein sprechen", sagte er.

„Auch das kannst du. Mutter, laß uns einen Augenblick allein!" rief der Marzell.

Aber die Mutter hatte es nicht so eilig damit, hinauszugehen. Sie machte erst ihre Arbeit fertig. Dann ging sie, nicht ohne einen fragenden Blick auf Frohlanders Gesicht zu werfen.

Die beiden Männer warteten, bis ihr Schritt verklungen war.

„Jetzt sprich", sagte Marzell. „Was gibt es?"

„Was ich zu sagen hab, ist bald ausgesprochen", begann Matthias Frohlander mit düsterem Gesicht. „Du warst bei mir, nachdem das mit meiner Magd geschehen war. Ich hab's natürlich für einen Unsinn gehalten, was du dabei gesagt hast — von Heirat und so. Denn es kann ja nicht dein Ernst gewesen sein, meiner Magd die Ehe anzutragen ..."

„Ob es mein Ernst war oder nicht, Frohlander, warum kümmert dich das auf einmal?"

„War es dein Ernst oder nicht?"

„Allerdings war es mein voller Ernst."

„Das wollt ich nur wissen. Denn ich werde es verhindern!"

„Oho! Hast du dazu ein Recht, Frohlander?"

Frohlander antwortete nicht. Sein Gesicht hatte sich noch mehr verdüstert, und sein Blick war starr auf den Tisch gerichtet.

„Darüber hat sie ganz allein zu entscheiden", fügte der schwarze Marzell noch hinzu.

Ein sehr ungemütliches Schweigen entstand. Sie schauten beide aneinander vorbei und hielten ihre Gedanken verborgen. Endlich regte sich Frohlander.

„Ich hab im Lauf der Zeit erkannt, daß die Josefa nicht der Mensch ist, für den ich sie zu Anfang gehalten hab", begann er, ohne den Marzell anzuschauen. „Sie war uns allen fremd; ich konnte sie nicht durchschauen. So konnte es kommen, daß ich ihr Unrecht tat. Und ich mein, sie hat ihren Fehler, wenn wir es so nennen wollen, mit tapferem Herzen wettgemacht."

„Ja, sie verdient alle Achtung", sagte der Marzell.

Frohlander achtete nicht auf den Einwurf, sondern fuhr mit erhobener Stimme fort:

„Ich halte es für ein Verbrechen, die Notlage, in der sie sich wegen ihres vaterlosen Kindes befindet, einfach auszunutzen und ihr Dinge vorzumachen, die nicht existieren oder erlogen sind! Sie hat genug Unglück erlebt!"

Der schwarze Marzell fuhr auf. Ihre Blicke kreuzten sich gefährlich.

„Wenn du damit mich meinen solltest, Frohlander, dann möcht ich dich schon bitten, ein bißchen vorsichtiger zu reden!"

„Damit kommen wir nicht vorwärts. Es geht jetzt nicht um mich und auch nicht um deine Angelegenheit, sondern darum, sie vor einem neuen Unglück zu bewahren. Ich kann es nicht mehr länger ertragen, daß du ihr auf den Wegen auflauerst, sie dann in scheinheiliger Friedlichkeit durch das Moor begleitest und ihr Dinge vorheuchelst, die es gar nicht gibt und nicht geben kann!"

Der schwarze Marzell schaute dem Frohlander in die Augen. Sein Gesicht hatte sich verändert.

„Mit welchem Recht sprichst du so zu mir? Hab ich dir oder sonst einem der Leute hier etwas angetan? Bin ich ein Verbrecher?"

Frohlander hob die Hand und gebot ihm Schweigen.

„Ich rede, wie ich denke!" sagte er zornig. „Und ich denke nicht allein so. Wir wissen alle nicht, was dich zu uns ins Moor getrieben hat. Aber geahnt haben wir, daß du einen Grund hattest, dich hier zu verstecken. Es wird jetzt kaum noch darüber geredet, weil die Menschen gern mit der Zeit solche Dinge vergessen. Ich aber hab es nicht vergessen, Marzell! Ich habe heute noch das Gefühl, daß es eine ungesühnte Schuld ist, die du mit dir herumträgst. Seitdem du zurück bist, verbirgst du etwas vor uns. Darum will ich, daß du von meiner Magd abläßt! Wenn nicht, dann stell ich sie heut noch vor die Entscheidung zwischen dir — und mir!"

Er stand auf und griff nach seinem Hut.

Marzell schien einen Augenblick über Frohlanders Worte bestürzt zu sein; dann aber trat er plötzlich dicht vor ihn hin.

„Ich gebe dir recht, Frohlander, sie ist zu gut für mich! Ich weiß das schon seit dem Tag, als sie ihr Kind übers Moor getragen hat. Du kannst ohne Sorge sein: Von mir aus wird nichts geschehen. Und nun geh heim und wundere dich über den schwarzen Marzell, den du eben noch einen Schurken genannt hast!"

Frohlander stand einen Augenblick verblüfft da; dann ging er stumm zur Tür. Der Marzell folgte ihm über die Schwelle.

„Wenn du dich, wie ich heut das erste Mal erkenne, mit dem Gedanken trägst, der Josefa deine Hand anzutragen, dann bedenke aber auch, daß dadurch ihr Unglück nicht kleiner würde! Trotz Besitz und gesicherter Heimat würde sie an deiner Seite zugrunde gehen. Auch für dich ist sie zu schade!"

Frohlander warf den Kopf herum; es schien, als wollte er sich gegen diese Worte energisch verwahren. Aber plötzlich wandte er sich ab und ging ohne Gruß davon.

## 12

Es entging Josi nicht, daß Frohlander sich bemühte, sein düsteres Wesen zu überwinden und auch sein Äußeres angenehmer zu gestalten. Aber sie war ganz arglos. Sie freute sich, daß der Ausdruck der inneren Verhärtung mehr und mehr aus seinem Gesicht verschwand und daß er etwas mehr Mühe auf seine äußere Erscheinung verwandte; er schaute jetzt um Jahre jünger aus. Josi schrieb das der friedlichen Atmosphäre des Hauses zu, die auf ihn wirkte, seitdem das Mißtrauen aus seinem Herzen gewichen war.

Er fand jetzt oft freundliche Worte für sie und sprach in einer Art mit ihr, daß sie ihn kaum wiedererkannte. Es mochte schon sein, daß er es jetzt bereute, wie er damals mit ihr umgegangen war, und daß er alles Leid, das er ihr zugefügt hatte, durch Güte und Liebe wettzumachen suchte; aber trotzdem erschien ihr die Wandlung seines Wesens wunderbar. Er war zweifellos ein ganz anderer Mensch geworden. Sie fühlte, daß sie ihm jetzt mit Zuversicht und vollem Vertrauen begegnen konnte.

Sie ahnte ja nicht, welche Kämpfe dieser verschlossene Mann mit sich selbst geführt hatte, bis er dann alle hemmenden Einwände abgestreift und sich zu einem Entschluß durchgerungen hatte.

Es war ein Sonntag, und sie waren zusammen auf dem Kirchweg nach Vierlinden. Da fing Frohlander plötzlich in hochgestimmter Feierlichkeit zu reden an, von Neuerungen und Verbesserungen am Haus, wie er sie schon lange insgeheim geplant habe; er erzählte ihr auch von der gelungenen Züchtung einer ganz neuen Rosensorte, die alle seine bisherigen Erfolge in den Schatten stelle, und er sprach über seine Arbeit und Planung in der Baumschule, als hätte sie plötzlich einen Anspruch darauf, darüber alles zu wissen.

Dabei waren seine Worte erstaunlich beschwingt, und seine Stimme klang frisch und lebendig.

Sie führte das auf den schönen Tag zurück, der das taufrische Moor in wunderbare Farben tauchte. Es erging ihr heute selbst so: Sie hätte aufjubeln mögen in ihrer Freude über die Schönheit des Lebens.

Als sie sich dem Dorf näherten und aus den vielen Wegverzweigungen die Kirchgänger in die breitere Hauptstraße einbiegen sahen, schien er sich plötzlich auf etwas zu besinnen.

„Ich bin heut zu Mittag nicht daheim, und auch Martin und der Geselle nicht“, sagte er. „Wir essen heut im Wirtshaus, weil anschließend die Obstbauern eine Versammlung abhalten, bei der ich sprechen soll. Du brauchst also für uns nicht zu kochen und kannst den ganzen Tag bei deinem Kind bleiben, wenn du willst."

Sie nahm das Anerbieten dankbar an.

„Dann noch etwas, Josefa. Ich möchte, daß du das Kind manchmal in unser Haus mitbringst, damit es sich nach und nach daran gewöhnt, für immer dazubleiben."

Das kam zu plötzlich. Sie schaute ihn fassungslos an.

„Überrascht dich das so? Oder ist es dir nicht recht?" fragte er.

„Oh!" rief sie im freudigen Erschrecken. „Ich dank Euch dafür!"

„Du wirst die Urschl darauf vorbereiten müssen. So ganz plötzlich dürfen wir ihr das Kind nicht nehmen", sagte er.

Es war ihr unbegreiflich, daß er sogar darauf Rücksicht nahm.

Der Tag brachte für Josi noch weitere Überraschungen. Auf dem Rückweg von der Kirche, als sie gerade in den Pfad einbog, der zum Haus der Katzen-Urschl führte, war plötzlich Hans Mohr hinter ihr. Er holte sie ein und begleitete sie.

Sie erzählte ihm von der erstaunlichen Veränderung in Frohlanders Wesen, die so weit ging, daß sie ihr Kind heute erstmals mit heimnehmen durfte. Sie hätte das Gefühl, daß der Groll, den er einmal gegen sie und das unschuldige Kind gehegt habe, jetzt wie ein Stachel in seinem Herzen bohrte, von dem er sich unbedingt befreien wollte.

Er nickte.

„Ich kenn ihn gut, den Frohlander. Er ist nämlich im Grunde seines Herzens ein friedliebender Mensch. Seine Welt ist das Moor, und das Grünland ist sein behütetes Kleinod. Alles andere ist ihm fremd. Der Tod seines Sohnes hat sein Herz gegen alle Weiten verschlossen. Ich weiß nicht, ob Sie das verstehen. Man muß hier erst eine Reihe von Jahren gelebt haben.“

Sie gingen eine Weile schweigend und nachdenklich weiter.

„Heute ist mir manchmal so, als möchte ich Schwingen haben, die mich emporheben und heraustragen über meine Welt“, fuhr Hans Mohr dann fort. „Ich weiß nicht, ob Sie sich noch daran erinnern, wie wir damals zusammen zum Schloß Kronberg gingen? Damals wollte ich mich auch auf solchen Flügeln emporschwingen. Ich hatte dann plötzlich nicht mehr den Mut dazu, weil ich Ihre Traurigkeit sah. Heute aber ist alles anders. Ich weiß nur nicht recht, wie ich beginnen soll. Ich bin Ihnen oft begegnet in diesen kurzen Jahren, und manchmal hab ich geglaubt, es wäre nur ein Wort von mir nötig, um einen neuen Himmel aufzustoßen. Aber da war immer wieder die Angst, ich könnte mich getäuscht haben.“

Er blieb stehen, brach eine Gerte von einem Strauch ab und bohrte damit spielerisch in der Erde.

„Es ist wahr, ich hab das Moor geliebt als meine Heimat. Ich konnte nicht mehr sein ohne seine Stille, ohne die prächtigen Farben und ohne den weiten Himmel in den Nächten. Aber heute würde ich das alles hingeben für ein anderes, viel größeres Glück! Ich weiß nicht, was für Sie die Schule bedeutet. Ich meine jetzt nicht die Schule, wie ich sie hier habe, mit ihrem primitiven Gepräge. Ich meine die Schule im allgemeinen.“

Josi schwieg. Sie sah gedankenverloren auf die Gerte, die er immer noch in die Erde bohrte; aus Strichen und Punkten fügte er eine Zeichnung zusammen, ohne darauf zu achten.

„Ich komme ja selbst aus der Schule“, sagte sie plötzlich leise.

Er schaute auf, aber er konnte nicht in ihre Augen schauen, weil sie immer noch zur Erde blickte.

„Ich hab sie damals noch nicht allein geführt", fuhr sie fort. „Dazu war ich noch zu jung. Lange hätte es freilich nicht mehr gedauert — vielleicht wäre ich dann auch in ein stilles, kleines Dorf versetzt worden. Aber dann kam das andere . . ."

Er atmete plötzlich rascher — aber er schwieg.

„Ich lernte ihn bei einem Studentenball kennen", begann Josi wieder, ohne aufzuschauen. „Ich weiß nicht — es war so viel gesunde, unverfälschte Natur in ihm. Er gefiel mir vom ersten Augenblick an mit seiner offenen, frischen Art. Sein Gesicht war brauner und markanter als alle die andern. Und er war auch klug. Wir begegneten uns wieder, weil wir beide die Gelegenheit dazu suchten. Es kam zu Verabredungen, zu abendlichen Spaziergängen auf den stillen Ringpromenaden, die es in unserer Stadt gibt. Wir liebten uns sehr. So geschah es. Und dann . . ."

„Dann kam der Tod", sagte er tonlos.

„Ja."

„Und alles, was sich daraus ergab."

Sie gingen langsam weiter. Es war jetzt ein Zögern in ihren Schritten, eine Achtsamkeit, als gingen sie über eine geweihte Erde.

„Josi!" sagte er plötzlich, indem er den Bann gewaltsam zerriß, und blieb stehen. „Ich habe mich um Sie kümmern dürfen von der ersten Stunde an, da Sie unser Moor betraten, und dann die ganze Zeit hindurch. Ich möchte es weiter tun — für immer! Sagen Sie mir, daß ich mich nicht getäuscht habe, daß es nicht nur eine gute Kameradschaft war, die aus dem Vertrauen eines jungen Mädchens zu einem älteren und erfahrenen Manne aufstieg, sondern daß uns beiden aus diesem stillen, friedlichen Land auch ein wenig Liebe erwachsen ist, die sich verborgen hält und sich nicht hervorwagen will — aus Angst vor dem Schicksal der Vergangenheit. Wir wollen aber die Zukunft!"

Er ergriff ihre Hände, diese rauhen, von der schweren Arbeit zerschrammten Hände. Er fühlte ihre Bereitschaft zur Hingabe.

„Josi!“ sagte er mit bebender Stimme.

Da hob sie ihr Gesicht zu ihm empor. In ihren Lidern hingen Tränen, aber in den Augen strahlte innige Liebe und die klare, unbesiegbare Hoffnung auf eine neue Zukunft. Lange Zeit blieben sie still versunken im Gefühl ihres Glücks.

„Ich habe an deinen Bruder geschrieben“, sagte er später plötzlich.

Sie schaute erschrocken zu ihm auf.

„An meinen Bruder?“

Das Lachen wich nicht mehr aus seinem braunen Gesicht. „Jawohl, an deinen Bruder Richard Joas.“

„Du wußtest . . .“

„Ich weiß noch viel, viel mehr, du dummes Mädchen. Und jetzt kann ich dir endlich in allem helfen. Dein Bruder muß doch erfahren, was mit dir los ist!“

Nun war sie doch froh und dankbar dafür.

„Dem anderen konnte ich es freilich nicht mehr mitteilen, aber ich bin überzeugt, daß er sich heute mit uns freuen würde. Er war ja auch mein Freund, der Peter . . .“

„Hans!“

„Du brauchst nicht zu erschrecken! Ich weiß das nicht erst seit heute. Du siehst, wie tief man im Moor mit seinen Gedanken in einen Menschen eindringen kann, besonders, wenn man sich so viel mit ihm und seinem Schicksal beschäftigt, wie ich es dir gegenüber die ganze Zeit tat.“

Da wußte sie nichts mehr zu sagen.

„Frohlander weiß es nicht?“ sagte sie.

„Nein.“

„Er soll es auch nicht erfahren! Das Andenken an seinen Sohn soll ungetrübt bleiben!“

„Das müssen wir dem Himmel überlassen.“

Hinter dem Gestrüpp tauchte das Haus der Katzen-Urschl auf.

Im Wirtshaus vom Graben hatten sich wieder einmal einige Burschen eingefunden, um bei Bier und Kartenspiel den Sonntagnachmittag zu verbringen.

Der schwarze Marzell stand dabei und lauschte schweigend auf ihre Gespräche.

Es lag gar kein besonderer Anlaß dazu vor, aber auf einmal drehte sich die Unterhaltung um Josefa, die Magd des Gärtners. Einer der Burschen warf die Frage auf, ob diese schöne Magd nicht doch einmal die Gärtnersfrau vom Grünland werden würde, und darauf antwortete ihm ein schallendes Lachen.

„Warum denn nicht?“ rief der Bursche. „Ist’s denn noch niemand aufgefallen, wie der Frohlander sich in letzter Zeit herrichtet? Wann hat er noch einmal die Bartstoppeln im Gesicht? Er bürstet sein Haar und richtet sich her wie ein Brautwerber!“

Wieder erhielt er ein schallendes Gelächter als Antwort.

„Deswegen bleibt er doch immer noch der alte Narr“, antwortete ein anderer.

Der schwarze Marzell sagte gar nichts, und sein Gesicht blieb unbewegt.

„Du meinst etwa, daß sie sich darüber Gedanken macht? Sie soll froh sein, wenn sie mit ihrem ledigen Fratz einen Unterschlupf findet!“ rief eine Stimme. „Einen Bauernburschen hat sie so nie angeschaut, der war ihr nicht gut genug! Nein, mit der tut sich der Frohlander nicht schwer! Und ich möcht ihn hören, wenn es einer wagen sollte, sie heute noch ein Luder zu nennen!“

„Sie bleibt trotzdem, was sie ist“, sagte ein anderer. „Der Frohlander wird Augen machen, wenn sie eines Tages seiner überdrüssig wird und eine flottere Nebenliebschaft sucht. Was sagst du dazu, Marzell?“

„Ich?“ antwortete der Einarmige, und an seinen Schläfen schwollen die Adern an. „Ich sage, daß ich dir meine Faust ins Gesicht schlagen werde, wenn du nicht aufhörst, das Mädchen zu schmähen!“ rief er und richtete sich drohend auf.

„Oho! Ist das dein Ernst? He, du hast doch einmal ganz anders gesprochen! Oder willst du jetzt zugeben, daß du dich geirrt hast?“

„Ja, ich habe mich geirrt!“

Die Burschen brachen in ein Lachen aus, das aber sofort verstummte, als sie sahen, daß der Einarmige im Gesicht ganz weiß wurde.

„Ich hab erfahren“, sagte er, „daß der Vater ihres Kindes tot ist. Sonst hätt sie's wohl nicht nötig gehabt, ins Moor zu fliehen und sich den Qualen auszusetzen, die ihr hier bereitet worden sind. Drum kann ich es nicht mehr hören, wenn schlecht über sie geredet wird! Sie ist besser als wir alle zusammen! Wenn auch der Frohlander, wie du sagst, sie heiraten möchte — sie wird ihm nicht folgen. Ich hab gesehen, wie sie für ihr Kind sorgt und alle Mühsal auf sich genommen hat. Deshalb sag ich jedem, der schlecht von ihr redet: Halt dein Maul!“

Grimmig wandte sich Marzell ab und verließ die Stube.

„Was hat er denn bloß?“ fragte einer die Jul, die am Ecktisch saß und schweigend den Streit angehört hatte.

Die Jul zuckte nur die Schultern.

„Er hat recht!“ sagte sie.

Da wurde es still bei den Burschen. Langsam wandten sie sich von diesen Gedanken ab und griffen wieder zu den Karten.

Matthias Frohlander war am Abend dieses Sonntags heimgekehrt mit dem festen Entschluß, alle Bedenken zu überwinden und Josefa klipp und klar seine Absicht zu gestehen. Er wollte ihr sagen, daß es in seinem Herzen noch einmal Frühling geworden sei, ein Frühling mit der ganzen Kraft eines neuen Aufbruchs; er wollte ihr seine Liebe gestehen.

Er war schon vorzeitig im Dorf aufgebrochen, bevor noch sein Sohn und der Geselle daran dachten, heimzugehen. Er wollte allein sein auf dem Heimweg über das Moor, und er wollte Josefa allein in seinem Haus begegnen.

Es war nicht gleich zu erkennen, ob sie schon zurück war. Von außen war nichts zu sehen; aus dem Kamin stieg noch kein Rauch auf. Und vor der Tür stand auch kein Kinderwagen, in dem sie ihren Buben hergebracht hätte. Aber die Haustür war unverschlossen.

Er saß schon eine ganze Weile in der Stube, als er sie plötzlich irgendwo im Haus hörte, ihren Schritt, ihre Stimme und dazwischen die Stimme des Kindes. Sie war also schon da.

Oft näherten sich dann ihre Schritte der Stubentür, aber sie entfernten sich immer wieder. Und er wagte immer noch nicht, sie hereinzurufen und das entscheidende Gespräch zu beginnen.

Er hörte sie nun in der Küche, als sie Holz spaltete, um Feuer im Herd zu machen. Im Gang ertönte das Trippeln von Kinderfüßen, und ein dünnes Stimmchen lachte auf, wenn die Mutter den kleinen Ausreißer einfing und zurückholte.

Das geschah öfters. Der Junge schien daran Gefallen zu finden, in einem unbewachten Augenblick auszureißen und sich dann von der Mutter suchen und einfangen zu lassen. Das Haus war groß und hatte Winkel genug, wo man sich verstecken konnte.

Matthias Frohlander saß still da und lauschte. Er hatte nicht den Mut, vor die Tür zu treten und mit einem freundlichen Wort die Aussprache einzuleiten. Fürchtete er sich vor ihrem Erschrecken — oder vor einer Abweisung? Oder hatte er gar Angst vor der ersten Begegnung mit dem Kind, das er in seinem Haus nicht hatte dulden wollen, das er einmal in seinem Zorn ein Kind der Schande genannt hatte?

Er hörte, wie sie vor das Haus trat. Sie fütterte jetzt offenbar den Hund; er erkannte es am Rasseln der Kette.

Wieder kehrte sie ins Haus zurück, und Matthias Frohlander zögerte noch immer. Er stand auf und wanderte rastlos in der Stube hin und her. Ja, er liebte sie! Er war bereit, alles, was er besaß an Gut und Besitz und Ansehen hinzugeben für das Glück einer Verbindung mit dieser Frau.

Er setzte sich wieder auf seinen Stuhl, und langsam festigte sich in ihm der Entschluß, Josefa hereinzurufen und mit ihr zu reden.

Aber es kam nicht mehr dazu. An der Tür regte sich etwas.

Der Junge war Josi wieder davongelaufen und über den Gang getrippelt. Diesmal geriet er an die Tür der Wohnstube. Es fiel ihm offenbar schwer, die Klinke zu erreichen, aber er ließ nicht davon ab und streckte sich, bis er den Griff erfaßt hatte. Die Tür ging auf, und Frohlander sah einen kräftigen zweijährigen Jungen hereinschlüpfen.

Als der Bub den fremden Mann in der Stube sitzen und seine Augen auf sich gerichtet sah, wollte er sogleich wieder flüchten. Aber es gelang ihm nicht mehr. Die Tür war ins Schloß gefallen, und die Schwelle lag innen zu tief, so daß er die Klinke nicht erreichen konnte.

Matthias Frohlander schaute ihm lächelnd zu und wollte dann aufstehen und zu ihm hingehen, um mit dem Kind eine freundschaftliche Bekanntschaft anzuknüpfen — aber plötzlich sank er auf seinen Stuhl zurück und starrte dem Jungen fassungslos ins Gesicht, der dort an der Tür stand und ihn mit großen Augen anschaute. Plötzlich war in

Matthias Frohlander eine ungeheuerliche Erkenntnis aufgeblitzt, und sie überwältigte ihn so sehr, daß er sich einen Augenblick lang nicht rühren konnte.

Er hatte das Kind erkannt.

Sein Blick glitt zu dem Bild an der Wand, und die Erinnerung überflutete ihn wie ein Strom, in dem alles versank, was er eben noch gedacht, gefühlt und erstrebt hatte. Vor mehr als zwanzig Jahren war ebenfalls so ein kleiner Junge in diese Stube hier eingedrungen; er hatte ihn auf die Knie genommen, hatte hineingehorcht in das junge Leben und mit seinem Blick in zärtlicher Liebe die Merkmale dieses Gesichts erforscht.

Das war sein Sohn gewesen, sein Peter. Er hatte ihn dann in der Blüte der Jahre verloren, und sein Tod hatte für ihn das Ende der Welt bedeutet.

Und jetzt stand dieser Junge vor ihm — mit denselben Merkmalen im Gesicht wie jener vor mehr als zwanzig Jahren! Eine unergründliche Macht des Schicksals hatte die Ströme des Lebens so gelenkt und vereinigt, daß sich die Vergangenheit zu wiederholen schien.

Diese Erkenntnis rückte nun die Gestalt Josefas, die als Magd in sein Haus geflüchtet war, in ein ganz anderes Licht. Sie war verflochten in das Geschick seines Hauses — und sie war damit unantastbar geworden für seine Hände, die er eben noch nach ihr ausstrecken wollte. Sie war die Mutter dieses Kindes, in dem der Strom seines eigenen Blutes durch seinen Sohn neues Leben geschaffen hatte.

Sein Kopf sank herab, und in seinen Augen schimmerten Tränen, die die Erschütterung seines Herzens widerspiegelten. Sein Gesicht zeigte deutlich den Aufruhr seiner Gefühle.

Das Kind schien sich plötzlich vor dem fremden Mann zu fürchten, und es fing zu weinen an. Frohlander löste sich aus seiner Erstarrung; er stand auf und ging rasch zu dem Jungen hin. Er hob den Widerstrebenden zu sich empor und drückte ihn stumm an sich.

Josi hatte inzwischen überall nach dem Kind gesucht, und als sie jetzt sein Weinen aus der Stube hörte, trat sie zögernd ein.

Sie erblickte den Jungen in Frohlanders Armen und sah, wie er sich schluchzend gegen die Zärtlichkeit des fremden Mannes wehrte.

„Verzeiht!“ sagte sie und nahm Frohlander das Kind aus den Armen. „Er ist ein so lebhafter Bursche; ich darf ihn keinen Augenblick unbeobachtet lassen, sonst geht er sofort auf Entdeckungsreisen aus.“

Frohlander schwieg.

Josi wandte sich ab und ging zur Tür.

„Josefa!“ rief da Frohlander mit bebender Stimme.

Sie wandte sich erschrocken nach ihm um.

„Warum hast du mir nie etwas davon gesagt, daß er ...“

Sie schaute stumm in sein durchfurchtes Gesicht und brachte kein Wort hervor.

„Ich hab dich mehr als einmal gefragt, warum du in deiner Not gerade mein Haus aufgesucht hast“, fuhr er fort. „Du hättest das alles nicht zu erdulden brauchen, meine harte Grobheit, meine Verachtung!“

Sie folgte mit scheuen Augen seinem Blick, der wieder das Bild an der Wand suchte. Sie schauten nun beide hin und lauschten schweigend auf die Stimme, die aus der Vergangenheit in ihre Herzen drang.

„Ich hab befürchtet, sein Andenken zu entehren“, sagte sie nach einer Weile sehr leise. „Ich hab ihn sehr geliebt.“

Sie blickte Frohlander nicht an, aber sie spürte plötzlich seine Hand, die nach ihrer Schulter griff.

„Josefa!“

## 13

Es war schon tiefe Nacht, als Matthias Frohlander über das Moor ging. Planlos wanderte er umher, nur weil es ihm zu eng geworden war im Haus. Er wollte in der Weite und Stille des Landes und im Raunen der Erlen und Weiden inneren Frieden wiederfinden.

Zunächst hatte er eigentlich zum Riedhof gehen wollen, um Monika von seiner erschütternden Entdeckung zu berichten, aber auf halbem Wege war er umgekehrt, weil er fürchtete, sie könnte in ihm noch jenes andere Gefühl spüren, das ihn vor dieser neuen Erkenntnis umfangen hatte, als er mit verlangenden Wünschen nach Josefa greifen wollte, um sie an sich zu binden — er, der alte, nüchterne Frohlander, für den es bis heute nichts gegeben hatte als Arbeit und Sorge um das Wachstum in seinen Gärten!

Deshalb wanderte er jetzt durch das nächtliche Moor, als wollte er sich selbst entfliehen.

Er schaute auf das Licht des Wirtshauses im Graben und dachte an den schwarzen Marzell, an die Worte, die sie beide um Josefas willen gesprochen hatten, als sie in eigensüchtiger Eifersucht um sie stritten. Was für ein Gesicht würde der Mann wohl machen, wenn er die Wahrheit über das Kind erführe?

Vielleicht wäre es sogar gut, wenn er dem Marzell die verschlungenen Wege des Schicksals enthüllte, wenn der Mann wüßte, daß Josefa durch ihr Kind mit seinem Haus und seinem Geschlecht verbunden war. Es durfte nicht mehr sein, daß der schwarze Marzell ihr noch weiter nachstellte und mit seinen begehrlichen Gedanken nach ihr griff.

Immer näher kam Frohlander dem einsamen Licht, und schließlich stand er vor der Tür des Wirtshauses. Sie war heute versperrt, und er klopfte.

Die Jul öffnete, und in ihrem ausdruckslosen Gesicht regte sich kein Gefühl, als sie Frohlander erblickte.

Er fand die Wirtsstube leer.

„Wo ist er?“ fragte er.

„Er ist nicht da. Vor mehreren Tagen schon hat er mich verlassen.“

„Und wohin ist er gegangen?“

Die Frau beachtete seine Frage nicht.

„Ich weiß nicht, wann und ob er noch einmal zurückkehren wird.“

„Was ist mit ihm los?“

„Er hat eine Schuld zu büßen.“

Frohlander schaute bestürzt in das düstere Gesicht der alten Frau, die noch immer mit ungebrochenem Mut ihre tägliche Arbeit tat. Er dachte an die Zeit, als sie noch ganz allein in dem Wirtshaus war, ihre Kühe versorgte und das Bier ausgab. Wie lange war sie nun schon seine Nachbarin? Gut zehn Jahre mußte es her sein, als sie in das leere Haus einzog, das sie gekauft hatte. Man war damals sehr verwundert, daß eine alleinstehende Frau sich in dieser abgelegenen, heruntergekommenen Wohnstätte niederlassen wollte. Neugierig hatten die Leute sie beobachtet; sie waren auch in der Wirtsstube eingekehrt, und man hatte sich gewundert, mit welcher Energie sie die Arbeit anpackte. Und dann stellte es sich heraus, daß die Jul eine geprüfte Hebamme war. Zuerst wollte niemand ein rechtes Vertrauen zu ihr haben, bis sie dann in einem Notfall einer Wöchnerin zu Hilfe kam. Jetzt sprach es sich schnell herum, daß sie eine verantwortungsbewußte und geschickte Geburtshelferin war und über eine erstaunliche Erfahrung verfügte. Die Moorbauern hatten damit eine eigene Hebamme gewonnen, und sie waren dem Schicksal dankbar dafür.

Viele Jahre hatte die Jul allein dort gehaust, bis dann eines Tages der einarmige Marzell auftauchte. Man hielt ihn zuerst für einen Knecht, den sie zur Arbeit im Stall und auf den Wiesen gedungen hatte, als ihre Arbeit als Hebamme sie immer stärker beanspruchte. Erst allmählich sprach es sich herum, daß der schwarze Marzell ihr leiblicher Sohn sei, ein lediges Kind, dessen Vater sich durch Auswanderung nach Australien der Verantwortung entzogen hatte. Dieser Sohn machte von Anfang an einen ziemlich zweifelhaften Eindruck. Niemand wollte etwas mit ihm zu tun haben; die Mädchen, denen er gern nachstellte, fürchteten sich vor ihm. Die vielen Jahre, die er in der Fremde herumgeschweift war, hatten ihm einen besonderen Stempel aufgeprägt. Man erzählte, er sei schon als halbwüchsiger Junge auf ein Schiff gekommen und dann um die halbe Welt gefahren.

Der schwarze Marzell war und blieb für die Leute vom Moor ein Gezeichneter, vor dem sich jeder hütete.

„Eine Schuld?“ fragte jetzt Frohlander gedehnt.

Die Jul nickte.

„Setz dich, Frohlander“, sagte sie.

Er setzte sich und schaute auf seine beschmutzten Stiefel hinab. Er war weit herumgelaufen, durch Schlamm und Sumpf und Gestrüpp.

„Das Haus hier gehört immer noch mir“, begann die Jul wieder. „Er ist damals zu mir gekommen, ohne daß ich ihn gerufen habe. Er war plötzlich da, und ich habe ihn aufgenommen, weil er doch mein Sohn ist. Man hat damals soviel geschwatzt in den Häusern. Die Menschen haben ihn gemieden, als wäre er aus dem Zuchthaus heimgekommen. Vielleicht hat man ihn für einen Verbrecher gehalten — jedenfalls aber für einen Menschen, der Grund hat, sich in der Öde des Moores zu verbergen. Ist es nicht so?“

Frohlander schwieg; sein Blick war immer noch zu Boden gerichtet.

„Was er in Wirklichkeit verbrochen hat, das haben schon viele Männer getan", fuhr die Jul fort. „Und sie alle laufen straffrei herum. Es ist wahr, der Marzell war ein Raufbold und hat immer gern Händel gesucht. Er war noch sehr jung, als er Matrose wurde. Vielleicht ist er auch in rauflustige Gesellschaft geraten, so daß er frühzeitig lernen mußte, sich seiner Haut zu wehren. Was er aber wirklich Schlimmes getan hat, wußte ich lange nicht; ich ahnte nur, daß irgend etwas mit ihm nicht in Ordnung war. Er leugnete hartnäckig, jemals ein Unrecht getan zu haben, und so konnte ich ihm auch nicht ins Gewissen reden. Vor ein paar Tagen hat er mir nun seine Verfehlung gestanden. Er hatte einst ein Mädchen in Not und Schande sitzenlassen. Arm geworden durch Arbeitsscheu und vielerlei kleine Schwächen, wollte er sich den Folgen der Vaterschaft entziehen. Er floh aus der Stadt, Hunderte von Kilometern weit, und tauchte hier im Moor auf."

Frohlander hatte den Kopf erhoben, und er schaute die Jul an — aber er schwieg.

„Noch weiß er nicht, wo und wie er das unglückliche Mädchen finden wird", begann sie wieder. „Vielleicht wird er sie vergeblich suchen; es ist ja seitdem eine lange Zeit vergangen. Aber er hat den guten Willen. Das Beispiel deiner Magd, Frohlander, hat ihn aus seiner Gleichgültigkeit aufgerüttelt. Der Mut, mit dem sie ihre Not getragen hat, ihre Treue und Liebe zu ihrem Kind — das alles hat sein verstocktes Herz geweckt. Ich bin so froh, daß es so gekommen ist! Bitte sag deiner Magd, Frohlander, daß ich, die alte Jul, die ihr bei der Geburt ihres Kindes beigestanden hat, daß ich sie immer in meinem Herzen bewahren werde, daß ich ihr danke und daß ich sie hochachte! Sie hat den Marzell gerettet. Sie allein hat es fertiggebracht, seinen Sinn zu ändern. Bitte, sag es ihr, auch wenn es dir schwerfallen mag! Auch du solltest deinen Sinn ändern, Frohlander! Weißt du denn, unter welchen

Umständen sie in solche Not geraten ist? Welcher Richter wagt ein Urteil zu sprechen, wenn er nicht weiß, wie und warum es zu einem Fehltritt gekommen ist?"

Frohlander stand auf. Sein Gesicht war unbewegt, aber seine Augen schimmerten in einem seltsamen Glanz.

„Ich weiß es, Jul", sagte er.

„Und?"

„Nichts. Ich werde tun, was ich vermag, um alles an ihr gutzumachen. Da laufen wir so herum, halten uns für gerecht und ehrenhaft und erhaben über alle Mängel der Menschen — und doch sind wir selbst voller Fehler und Schwächen."

Die Jul ging mit ihm vor die Tür.

„Ich bin froh, daß ich es dir sagen konnte, Frohlander."

Er wandte sich nach ihr um.

„Und was ist mit dir? Du bist nun ganz allein im Haus."

„Ich selbst hab den Marzell ausgeschickt, damit er das Mädchen sucht und das Kind. Er wird beide heimholen."

„Und wenn er nicht wiederkommt?"

„Doch, er wird kommen! Solange bleib ich allein."

„Wenn du jemanden brauchst, werde ich dir helfen, Jul. Wir sind doch Nachbarn."

Sie nickte dankbar.

„Gute Nacht!"

## 14

Es ging dem Ende des Sommers zu, und in den Plantagen blühten die letzten Rosen, als Hans Mohr das Zukunftsbild Frohlanders noch einmal zerschlug. Eines Tages kam er ins Grünland und gestand Frohlander, daß er Josi heiraten wollte.

Freilich hatte Frohlander schon einige Zeit geahnt, daß es einmal dazu kommen würde. Er wußte von der Liebe der beiden jungen Menschen zueinander, und er hätte Josefa auch keinen besseren Mann wünschen können als diesen wackeren Schulmeister vom Moor. Aber als er jetzt der Tatsache ins Auge schauen mußte, fiel es ihm doch schwer. Trotzdem gelang es ihm, Hans Mohr mit einem Lächeln anzuhören. Er drückte ihm sogar fest die Hand und wünschte ihm Glück.

Am Abend dieses Tages ließ Josi den Hund frei und wanderte mit ihrem Buben und Nero zum Erlenhain. Sie freute sich über die gute Freundschaft, die der Junge mit der Dogge geschlossen hatte. Und da folgte ihnen unbemerkt Frohlander.

Josi schaute den beiden ungleichen Spielgefährten in heiterer Ruhe zu, wie sie über den Anger tummelten und ihre Freiheitslust austobten, als plötzlich dicht bei ihr Frohlander auftauchte.

Sie schauten beide hinab auf das weite Moor; ein dünner Dunst schwebte darüber, wie ein durchsichtiger Schleier, der von unsichtbaren Händen darüber gebreitet wurde, so daß die Büsche mit ihren Kronen darüber hinausragten.

„Heute war Hans Mohr bei mir“, begann Frohlander.

Sie wußte, daß es nun geschehen war. Sie suchte in seinem Gesicht nach einem Ausdruck seiner Gedanken, aber seine Züge verrieten nichts.

„Es ist gut“, fuhr er nach einer Weile fort. „Ich kenne ihn ja! Er ist früher viel zu uns gekommen, denn er war der Freund von Peter.“

Sie wußte nicht, was sie darauf sagen sollte.

„Du liebst ihn?“ fragte er leise.

„Ja.“

„Und was werdet ihr tun?“

„Wir bleiben im Moor“, antwortete sie. „Der Junge soll in derselben Welt heranwachsen wie einst sein Vater.“

Das schien Frohlander tief zu bewegen.

„Ich dank dir dafür, Josefa! Ich möcht ja auch ein wenig teilhaben am Leben seines Kindes."

Darauf schwiegen sie wieder lange und schauten dem Jungen zu, der am Hals der riesigen Dogge hing.

„Der Hund hat Peter ja auch gehört", begann er wieder. „Wenn du Nero behalten willst, dann sollst du ihn mitnehmen, schon um des Buben willen."

Sie freute sich sehr darüber.

Immer tiefer versank das Moor in die Nacht. Und wenn wieder ein Morgen kam, dann würde es für sie der Morgen eines neuen Lebens und einer glückhaften Zukunft sein.

Langsam kehrten sie zum Haus zurück.

Zu Beginn der großen Ferien sollte die Hochzeit sein. Die Zeit bis dahin nützte Josi eifrig dafür aus, die Wäsche für ihre Aussteuer herzurichten. Am Sonntag ging sie nach dem Essen gewöhnlich zum Riedhof und nähte zusammen mit der jungen Bäuerin Monika, die ihr mit Rat und Tat beistand. Es waren ruhige, behagliche Stunden. Die freundlichen Leute vom Riedhof, besonders der heitere alte Bauer, leisteten ihnen dabei Gesellschaft, so daß die Zeit nur allzu schnell verstrich, denn ehe die Sonne sich dem Abend zuneigte, mußte Josi heimgehen, um rechtzeitig das Nachtessen auf den Tisch zu bringen.

Da geschah es einmal, als sie mit ihrem Jungen am Rand des Moores die schmale Straße entlang ging, daß ein Personenauto aus der Weite des Moores auf sie zukam. Sie nahm den Jungen bei der Hand und trat zur Seite, damit der Wagen vorbeifahren konnte.

Er fuhr jedoch nicht vorbei, sondern hielt an. Eine Männerstimme rief ihr einen freundlichen Gruß zu, so wie es nur unter guten Bekannten üblich ist.

Josi erschrak; es war Clausen, der Herr von Schloß Kronberg. Sofort erwachte in ihr wieder die Erinnerung an ihren Besuch im Schloß mit jenem peinlichen Vorfall, der sie gerade an diesem Tage bloßstellte.

Clausen aber schien ganz unbefangen zu sein. Er öffnete die Tür und sprang heraus.

„Welche Überraschung!“ rief er erfreut und streckte ihr die Hand hin. „Wie oft haben meine Frau und ich über Sie gesprochen und bedauert, daß Sie sich nie mehr bei uns sehen ließen!“

Josi fühlte sich äußerst verlegen. Ihre Hand, mit der sie den Jungen festhielt, begann zu schwitzen.

Clausen schien ihre Verlegenheit zu bemerken, denn lachend fuhr er fort:

„Keine Angst, es gibt keine peinlichen Verhöre! Ich weiß alles! Hans Mohr hat uns bereits von Ihrem Schicksal erzählt. Sie haben unsere volle Hochachtung.“ Nun beugte er sich zu dem Jungen hinab und strich ihm über die Wange. „Und das ist gewiß der kleine Übeltäter, der Sie damals bei uns in solche Ungelegenheiten gebracht hat, nicht wahr?“

Josi war immer noch betreten, aber jetzt lachte sie.

„Ja, das ist er“, antwortete sie.

„Ihre Hochzeit ist in unserem Kalender vorgemerkt“, sagte Clausen. „Wir werden uns erlauben, dabei zu sein.“

„Ich danke Ihnen von ganzem Herzen, Herr Clausen.“

Dann erzählte er ihr, daß er eben vom Angeln komme, und daß seine Frau wohl schon sehr böse auf ihn sein würde, weil er sie so lange allein daheim sitzen lasse.

„Aber sie wird versöhnlicher werden, wenn ich ihr erzähle, wen ich hier im Moor getroffen habe. Und ich darf ihr doch wohl auch bestellen, daß Sie uns recht bald nach Ihrem großen Tag besuchen werden, nicht wahr?“

„Ja, ich werde gern kommen.“

„Ich freue mich. Und viel Glück!“

Er stieg wieder in den Wagen, winkte ihr noch einmal zu und fuhr davon.

Josi schaute ihm gedankenverloren nach. Ihr Blick wanderte an dem bewaldeten Hügel hinauf, wo hinter einem Hain die Fassade des Schlosses aufragte.

Die großen Sommerferien rückten näher. Hans Mohr hatte die Zimmer seiner Wohnung im Schulhaus ausgeräumt und Handwerker aus Vierlinden bestellt, die Wände und Decken tünchten und mit freundlichen Farben anstrichen. An dem großen Tag seines Lebens sollte alles in neuer, frischer Schönheit erstrahlen.

Josi hatte von Frohlander die Erlaubnis erhalten, sich selbst auch darum zu kümmern, daß die Renovierung des Schulhauses nach ihrem Geschmack durchgeführt würde.

Gegen Abend erst kehrte sie heim ins Grünland. Hans Mohr begleitete sie auf der schmalen Straße, die an dem braunen Moorbach entlangführte.

Wie ein zarter Vorhang schwebte vor den fernen Alpen die abendliche Dunstwand; der Widerschein der versunkenen Sonne flammte feurig herauf und entfaltete ein magisches Farbenspiel am Himmel.

Verzückt schaute Josi in die leuchtende Ferne, und in ihren Augen spiegelte sich der Glutschein des Himmels.

„Woran denkst du?“ fragte er.

„An jenen Tag, als ich zum erstenmal an deiner Seite zum Grünland ging. Damals war es noch dunkler; die Nacht war schon hereingebrochen, und alles war mir fremd — die Menschen, das Land und meine eigene Zukunft.“

„Es war der Weg deines Schicksals, Josi.“

„Und des Glücks!“

Damals hatte sie die Einsamkeit dieses Moorweges als drückende Last empfunden, und sie wußte auch jetzt noch nicht, woher sie die Kraft genommen hatte, sich über die endlose Ebene zu schleppen — einem fremden Ziel entgegen, das Herz von Ungewißheit und Angst erfüllt.

Heute war diese Landschaft ihr zur Heimat geworden. Sie liebte das Land mit seiner Kargheit, seine Weite und Verlassenheit.

„Es mußte wohl so sein, daß ich jenen Fischer am Moorbach fand", sagte sie und schmiegte sich eng an ihn. „Was wär wohl sonst aus mir geworden!"

„Du warst in der Obhut einer höheren Macht, Josi! Wir Menschen im Moor sehen in allem Geschehen die Wirkung des göttlichen Willens — sogar in den unscheinbaren Ereignissen. Überall erkennen wir eine besondere Fügung. Das lernt man, wenn man aufmerksam den Gang der großen Ordnung betrachtet. Du hast es auch gelernt; du hast den Sommer und den Winter des Moors gesehen, das Erwachen und Sterben in der Natur und die Hoffnung, die hinter aller Vergänglichkeit leuchtet. Und deshalb bist du glücklich geworden."

Sie gingen langsam weiter. Die Sonne erlosch, und die Dämmerung sank auf das stille Land herab.

„Hast du deinen Bruder benachrichtigt?" fragte Hans Mohr plötzlich.

„Nein. Ich wollte es tun, aber ich wußte nicht, ob es richtig sein würde —"

„Natürlich wär es richtig!"

„Ich werde es gleich nach unserer Hochzeit tun."

„Du willst ihn vor vollendete Tatsachen stellen?"

„Ja. Er soll sehen, daß ich am Ziel bin."

Er widersprach nicht. Wenn sie aber sein Gesicht beobachtet hätte, dann würde sie gemerkt haben, daß er anderer Meinung war.

Jetzt tauchte das Wirtshaus auf.

„Du mußt jetzt umkehren", sagte sie. „Es wird sonst tiefe Nacht werden, ehe du heimkommst, und Türen und Fenster im Schulhaus stehen offen."

„Und wenn du dich allein fürchtest?"

„Vor wem sollt ich micht fürchten? Es gibt keinen schwarzen Marzell mehr, der am Weg auf mich lauert", erwiderte sie lachend.

„Nein, es gibt keine Gefahr mehr für dich, Josi. Morgen hol ich dich ab. Die Aufgebotszeit ist abgelaufen. Wir werden den Tag für unsere Trauung bestimmen. Gib acht, daß du im Strupp nicht in den Schlamm gerätst! Bleib auf dem Weg!"

Sie trennten sich, und er kehrte um.

Josi ging auf das Wirtshaus zu. Düster schaute das bröckelnde Gemäuer hinter den Bäumen hervor. Hinter den Fenstern leuchtete noch kein Licht. Vielleicht war die Jul gerade im Stall, oder sie war überhaupt nicht daheim.

Wie still und einsam ist es um die alte Frau geworden, dachte Josi. Sie tat ihr leid. Hinter der Rauheit und scheinbaren Härte ihres Wesens verbarg sich doch ein gütiges Herz, und sie tat den Menschen eigentlich nur Gutes. Sie hätte ein besseres Schicksal verdient.

Der schwarze Marzell war davongegangen und hatte sie verlassen. Sein plötzliches Verschwinden hatte wie eine Flucht gewirkt. Das war nicht nur Josi aufgefallen, sondern auch andere hatten verwundert die Köpfe geschüttelt, bis dann Frohlander in seiner knappen Art erzählte, daß der schwarze Marzell, von einer Stimme des Gewissens gehetzt, einer Schuld nachlaufe, die irgendwo in der Welt nach Sühne rief.

Was war das gewesen? Welche Schuld hatte den Einarmigen einst zur Flucht ins Moor getrieben? Josi hatte vom ersten Augenblick an geahnt, daß in seiner Vergangenheit ein Unrecht verborgen lag, das er vor sich selbst leugnete. Nun wollte er es sühnen.

Aber warum tat er das jetzt plötzlich? War die Schuld so schwer, daß er die Gewissenslast abwerfen mußte?

Diese Frage hatte ihr Frohlander nicht beantwortet. Vielleicht wußte er es auch nicht, oder er wollte ihr aus irgendwelchen Gründen darüber nichts sagen.

Sie dachte an die Angst, die sie einst vor dem Marzell gehabt hatte, wenn sie die einsame Straße entlang kam und an dem düsteren Haus vorbeigehen mußte, wie eben jetzt.

„Josefa!" rief da eine Stimme vom Wirtshaus her; es war die Jul.

Jetzt erst erkannte Josi, daß die Haustür offen stand; schwarz zeichnete sich die Öffnung im Gemäuer ab.

Josi blieb stehen. Die Jul kam zum Weg herüber.

„Ich hab auf dich gewartet", sagte sie. „Magst du ein wenig mit hereinkommen? Ich hab dir was zu zeigen!"

„Geht das nicht auch morgen, Jul? Es ist schon spät; Frohlander wird bereits auf mich warten."

„Es dauert nur ein paar Minuten. Es ist niemand da. Bitte, komm herein!"

Da folgte Josi ihr ins Haus. Sie wartete an der offenen Tür, bis Licht angezündet war.

Die Wirtsstube war leer. Auf dem Schanktisch standen umgestürzte Eimer, ein Wäschekorb und anderer Hausrat; die Tische waren zusammengerückt, als wäre hier schon lange kein Betrieb mehr gewesen.

„Was ist das?" fragte Josi und staunte über die Veränderung. „Kommen keine Gäste mehr?"

„Selten kommt noch jemand, und das ist gut; wer sollte denn die Arbeit für die Gäste tun?"

„Was wird aber dann aus dem Wirtshaus?"

„Das hat eine Zeitlang Ruhe. Es wird sich bald etwas ändern; eine junge Frau wird einziehen, und ein Mann ist ja auch dabei. Dann kann der Betrieb wieder losgehen!"

Josi war verblüfft. Sie spürte die Freude der Jul, mit der sie ihr das alles erzählte.

„Der Marzell?"

Die alte Jul nickte.

„Komm!“ sagte sie und reichte Josi einen Brief. „Lies den Brief; er ist gestern gekommen. Er geht auch dich an. Denn du bist es ja gewesen, die ihn aufgerüttelt hat, daß er nicht mehr zur Ruhe kam.“

Josi hatte den Brief ergriffen und versuchte nun den Sinn der undeutlich geschriebenen Zeilen zu erfassen.

Die Jul schwieg, während Josi den Brief las; dabei sah die Alte ihr erwartungsvoll ins Gesicht und suchte darin nach Anzeichen der Überraschung. Der Schluß des Briefes lautete:

„Sie ist arm und hat durch meine Schuld viel erduldet. Sie von meinem guten Willen zu überzeugen, fiel mir fast schwerer, als sie aufzufinden. Heut kann ich dir schreiben, daß mir endlich beides geglückt ist. Wenn es nach meinem Willen geht, kommen wir vielleicht nächste Woche schon heim. Da sie keine Eltern und auch sonst keine Verwandten hat, liegt die Entscheidung allein bei ihr. Wir sind versöhnt, und mein Gewissen ist frei. Ich freu mich auf die Zukunft in unserem Haus im Moor, dem ich bald ein anderes Gesicht geben werde.

Bitte, richte die Betten her und vergiß nicht, daß wir ein Kind mitbringen! Wenn du die Magd Frohlanders siehst, dann sag ihr ganz offen, was geworden ist und was für ein schlechter Kerl ich war. Ich hab die Josefa geliebt und gehaßt, vielleicht weil ein ähnliches Schicksal sie betroffen hatte. Sie hat mich beschämt und aufgerüttelt und dadurch gerettet.“

Josi gab der Jul den Brief schweigend zurück.

„Mußt ihm halt verzeihen“, sagte die alte Frau.

„Ich hab ihm nichts zu verzeihen!“

Die Alte schüttelte den Kopf.

„Er war ein Leichtfuß. Ich hab oft Angst gehabt, er könnte dir was antun. Aber er hat es nicht gewagt. Du hast ihn beschämt — und auch mich hast du beschämt. Josefa. Als man mich in deiner schweren Stunde zu dir rief, war ich knurrig und sogar ein wenig grob."

„Nein, Jul, das ist nicht wahr! Du warst sehr gut zu mir."

Die Alte schüttelte den Kopf.

„Ich hätte dir viel besser helfen müssen, Josefa, auch gegen den Frohlander!"

„Der Frohlander ist für mich ein Vater geworden, Jul. Wir wollen darüber nicht mehr sprechen. Er hatte sich von mir betrogen gefühlt, und das war meine Schuld! Dem Marzell aber wünsch ich eine frohe Zukunft."

„Wart noch", sagte die Alte und zündete eine kleine Lampe an.

Sie führte Josi über eine steile Stiege zu einer Kammer hinauf.

Hier standen zwei einfache Betten an der holzverkleideten Wand, und an das Fußende war eine altertümliche Kinderbettstelle gerückt. Sonst war nicht viel zu sehen in der Kammer. Am Fenster bewegte sich ein dünner Vorhang — wohl der einzige im ganzen Haus. Die Luft roch würzig wie nach eingelagertem Obst.

„Wenn die Hochzeit vorbei ist, werden sie hier schlafen", sagte die Jul. „Ob es schön genug für sie ist? Du kommst doch von der Welt draußen; würdest du die Kammer anders herrichten?"

Josi schaute in der kleinen Stube umher. Es war freilich alles ländlich schlicht eingerichtet, aber mit viel Sorgfalt.

„Gewiß ist es in Ordnung! Was hier noch fehlt, das bringen sie ja nun mit — das Glück und sicherlich auch die Zufriedenheit des Herzens."

Die Jul nickte. Dann leuchtete sie Josi mit der Handlampe ins Gesicht. „Du stehst ja nun auch vor der Hochzeit! Es war eine Freude für uns alle, als wir hörten, daß du bei uns bleiben wirst."

„Für alle?“

„Ich meine die Leute vom Moor.“

Wenn auch diese Worte wenig bedeutungsvoll erschienen, so freute sich Josi doch von ganzem Herzen darüber. Sie wurde die Frau des Lehrers, und als solche stand sie im Mittelpunkt der ländlichen Gemeinschaft. Sie wollte Vertrauen finden bei allen Menschen im Moor und zusammen mit ihrem Mann für ein segensreiches Leben der Gemeinde wirken.

„Ich wünsch dir Glück“, sagte die Alte und bot ihr die Hand.

„Ich dank dir, Jul“, antwortete Josi bewegt.

Inzwischen war es Nacht geworden. Josi dachte mit frohem Herzen über das seltsame, eigenwillige Walten des Schicksals nach, das doch so wunderbare Wirkungen hervorbrachte; nachdenklich wanderte sie durch das dunkle Moor, während sie den Blick sorgsam auf den Weg gerichtet hielt.

Schließlich schimmerte ihr aus der Ferne das Licht von Frohlanders Haus entgegen. Kein Luftzug regte sich. Manchmal war ein leises Knacken und Rascheln im Wildgestrüpp zu hören, wenn ein Nachttier vor ihr flüchtete. In weiter Ferne schrie ein Kauz.

Josi fürchtete sich nicht. Alle diese Geräusche und die ganze Eigenart des nächtlichen Moores waren ihr vertraut geworden. Das Moor gehörte nun zu ihrem Leben.

Dann hielt sie plötzlich an, als sie einen schweren Schritt hörte. Und da sah sie auch schon vor sich im Gesträuch eine Gestalt auftauchen, die auf sie zukam.

Einen Augenblick lang erschrak sie nun doch; dann aber erkannte sie den nächtlichen Wanderer. Es war der Frohlander.

Sie blieb stehen und ließ ihn herankommen.

„Du kommst spät, Josefa!“ sagte er mit spürbarem Vorwurf.

„Ja, ich hab mich versäumt“, erwiderte sie. „Ich bin noch aufgehalten worden.“

„Du solltest nicht in der Nacht allein herumlaufen.“

Josi ging weiter, und er blieb an ihrer Seite. Hatte er sich wirklich so um sie geängstigt, daß er ihr entgegengegangen war?

„Die Jul hat mich ins Haus gerufen. Marzell hat einen Brief geschrieben, den ich lesen mußte.“

„Du?“ Er schüttelte verwundert den Kopf.

Josi erzählte ihm, daß es jetzt wohl bald im Wirtshaus vom Graben eine Hochzeit geben würde; das Brautbett stünde schon bereit, und die Jul sei von erwartungsvoller Freude erfüllt.

Frohlander sagte lange nichts. Sie konnte sein Gesicht nicht sehen, aber sie fühlte, daß ihm diese Mitteilung wenig angenehm war.

„Hör mich an, Josefa“, begann er dann. „Es ist schön und gut, wenn er wenigstens den Willen zeigt, seine Schuld zu tilgen. Aber bevor er nicht den Beweis für seine Sinneswandlung erbracht hat, glaub ich ihm nicht!“

„Er will schon bald zurück sein — mit seiner Frau und dem Kind“, erwiderte Josi.

„Noch ist er nicht da. Es mag sein, daß gerade durch dein Schicksal und durch dein Beispiel sein Gewissen geweckt wurde. Aber es ist noch nicht lange her, da lief er dir nach und belästigte dich. Wenn ich es nicht verhindert hätte, dann wäre er damals in deine Kammer eingedrungen, als du kaum das Kind geboren hattest! Und du warst nicht das einzige Mädchen, das ihm gefallen hat!“

Sie mußte über seinen Eifer lachen.

„Er hat ja nun eingesehen, daß er auf dem verkehrten Weg war. Ich will ihm nichts nachtragen. Er hat mir ja nichts getan. Er ist jung, und seine Natur mag halt so sein.“

Er nickte.

„Ja, ich weiß — wenn dir jemand unrecht getan hat, dann war ich es."

„Nein!"

„Laß nur, Josefa. Da gibt es nichts zu beschönigen. Ich war bitter und hart, so wie das Leben mich gemacht hat. Gerade in meinem Alter, wo der Mensch glaubt, noch in voller Lebenskraft zu stehen, während er in Wirklichkeit schon zum alten Eisen gehört, da wird ein Mann leicht zum Narren! Und das war ich auch. Ja, ich war ein Narr! Mein Leben war einsam geworden und von strenger Arbeit beherrscht. Die Freuden — wenn ich sie zusammenzähle — haben vielleicht ein paar Tage erfüllt, wenn ich ein neues Naturwunder in der Aufzucht meiner Rosen entdeckte. Ich hab den Sohn und die Frau verloren — und ich stand immer wieder am Ende.

Dann kamst du. Es war damals, als strahlte ein Licht in ein düsteres Haus, um allen Unrat aufzudecken. Ich habe mich von dir abgewandt, weil ich mich bloßgestellt sah in meiner plumpen, derben Art. Es hat lange gedauert, bis ich dir Vertrauen schenkte und dein Wesen erkannte.

Ich hab in dir etwas gesucht, was mir nicht zukam. Aber es gibt eine Kaft in der Ordnung des menschlichen Lebens, ein Wirken und Vollenden, auf das unser törichter Wille keinen Einfluß hat. Und so habe ich in dir schließlich eine Tochter gefunden . . ."

Jetzt verstummte er.

Josi ging still neben ihm her. Und ringsum schlummerte das geheimnisvolle Moor mit seinem Raunen und Flüstern.

Das Licht des Hauses rückte näher.

„Ich konnte den Marzell von der Stunde an nicht mehr leiden, als ich sah, daß er dich begehrte", begann Frohlander dann wieder. „Vielleicht hab ich ihm unrecht getan. Er ist ein Mensch wie alle anderen auch, und bei uns im Moor wirken sich die Gefühle heftiger aus als anderswo."

Er versuchte zu lachen, aber es gelang ihm nicht.

Als sie zum Haus kamen, richtete sich die Dogge freudig an der Kette auf, und Josi nahm den Kopf des Tieres liebkosend in ihre Hände.

Nachdem sie zu Abend gegessen hatten und der kleine Josef zu Bett gebracht worden war, kam Frohlander zu Josi in die Küche.

„Komm dann noch zu mir in die Stube, Josefa", sagte er.

„Gleich?"

„Nein, mach ruhig erst deine Arbeit fertig. Ich hab dir nur noch etwas zu sagen."

Was mag das nur sein, dachte Josi. Er hatte heute auf dem Weg schon so seltsam gesprochen, und sie hatte das Gefühl gehabt, daß er eigentlich etwas ganz anderes hatte sagen wollen, als er wirklich aussprach. „Ich hab in dir etwas gesucht, was mir nicht zukam", hatte er gesagt. Was mochte er damit nur gemeint haben? Und wie er erregt gewesen war!

Sollte er am Ende — doch nein, das konnte doch nicht sein! Er wußte ja von ihrer Liebe zu Hans Mohr, und er wußte, daß sie einst die Braut seines Sohnes und jetzt die Mutter seines Enkels war.

Als sie später die Wohnstube betrat, saß Frohlander am Tisch und blätterte in einem mehrseitigen, mit Maschine geschriebenen Schriftstück.

„Setz dich zu mir, Josefa", sagte er freundlich und vollkommen ruhig.

Es war ganz still im Haus. Nur zuweilen hörte man Neros Kette klirren.

„Ich war vor zwei Tagen in der Stadt, Josefa", begann er in fast feierlichem Ton. „Du hast ein Recht darauf, zu erfahren, was ich dort getan habe. Ursprünglich sollte der Peter die Gärtnerei bekommen, und wenn er sie nicht wollte, wenn er lieber in die Stadt gezogen wäre, um irgendeine Stellung als Diplomgärtner anzunehmen, dann wäre sie dem Martin zugefallen. Das hat sich nun freilich geändert. Der Martin wird einmal hier mein Nachfolger sein. Aber, und das geht nun dich an, Josefa, dein Erbgut, das du von Rechts wegen von mir fordern kannst, allein schon um des Kindes willen, das ist notariell verbrieft. Sobald du es anforderst, wird es an dich ausgezahlt!"

„Nein!" rief Josi erschrocken. Das hatte sie nicht erwartet und nicht gewollt.

Er schaute sie aus seinen grauen Augen an, aber er beachtete ihren Einwand nicht.

„Die Monika hat ihren Anteil schon bekommen, als sie Riedhofbäuerin wurde", sagte er. „Was du hier getan hast, das hast du als meine Magd getan, und dafür hab ich dir den Lohn bezahlt. Das aber" — er deutete auf das Schriftstück — „erhältst du als meine Tochter, die du geworden wärst, wenn nicht Peters Tod dazwischengetreten wäre."

Sein Blick schweifte ab und suchte das Bild an der Wand, und auch sie schaute zu dem Bildnis des jungen Mannes empor. Beide betrachteten ihn in der Erinnerung an die Gemeinsamkeit, die sie alle drei umfing.

„Ich hab dich einmal mit schweren Vorwürfen bedrängt, Josefa. Ich wollte dich erniedrigen vor diesem Bild da. Ich hätte es freilich nicht getan, wenn ich gewußt hätte —" Er brach ab.

Josi stand auf und schaute ihn in tiefer Bewegung an.

„Vergiß es, Josefa!" bat er.

Josi spürte in ihrem Herzen ein heftiges Mitleid mit dem einsamen Mann, der ein so hartes Schicksal trug. Ein geliebter Mensch nach dem anderen hatte ihn verlassen: die Frau, der Sohn, die Monika — und jetzt ging auch sie davon, nachdem er sich endlich an sie gewöhnt hatte.

Mit einer müden Bewegung stand er auf, und als sie ihm in die Augen blickte, schaute sie ihm bis ins Herz hinein. Sie trat zu ihm und griff nach seinen Händen.

„Vater!" flüsterte sie.

Er legte seinen Arm um sie und drückte sie sanft an sich. „Josefa!"

Josi spürte, wie ihr die Tränen über die Wangen liefen.

„Nicht weinen!" sagte er. „Du gehst deinem Glück entgegen. Aber es ist ein Geschenk für mich, Josefa, wenn ich sehe, daß du hier wirklich zu Hause bist."

## 15

Später saß Josi in der Kammer und dachte über den völligen Umschwung in ihrem Leben nach.

Da gab es einst ein Mädchen aus einem vornehmen Bürgerhaus in der Stadt. Der Vater war ein Schulmann gemäß einer alten Tradition der Familie; schon viele seiner Vorfahren, deren Reihe nahezu zwei Jahrhunderte zurückreichte, waren Lehrer gewesen. Auch der ältere Bruder folgte den Spuren des Vaters und war schon in jungen Jahren durch Fleiß und Strebsamkeit weit vorangekommen.

Es war eine selbstverständliche Forderung, daß auch die spätgeborene Tochter sich dem Lehramt zu widmen hatte, und falls der schon betagte Vater die Ausbildungszeit seiner Tochter nicht mehr überlebte, sollte der Bruder die Sorge für die Schwester übernehmen. Er wurde darüber nicht befragt und auch nicht besonders verpflichtet; es war einfach ein unbestrittenes Gesetz, daß der Ältere sich um ein jüngeres Glied der Familie kümmerte und ihm in jeder Lage beistand.

Und so kam Josi, ein Kind noch, aus der Obhut der Eltern in ein klösterliches Seminar; die Lehrerinnen waren

Schwestern des Dominikanerordens. Ein großes landwirtschaftliches Gut gehörte dazu, wo es viel zu sehen und zu lernen gab, was Josi noch nicht kannte. Bei eifrigem Studium mit streng geregelter Freizeit vergingen die Jahre, in denen jeweils die Ferien die Lichtseiten ihres jungen Lebens waren. Es gab nichts Schöneres für sie als der Tag der Heimreise — und der Augenblick, wenn das Vaterhaus mit seinen vorspringenden Erkern und Stuckverzierungen vor ihr auftauchte, erfüllte ihr Herz immer wieder mit überströmender Freude.

Die Jahre vergingen. Die Eltern waren alt und kränklich geworden. Der Bruder stürmte von Erfolg zu Erfolg. Josi machte ihr Examen und trat in das Berufsleben ein.

Die Eltern starben, und nun war sie mit dem Bruder allein. Er erreichte durch seine Beziehungen, daß sie in der Vaterstadt wirken durfte und in einer Hausgemeinschaft mit ihm leben konnte.

Und jetzt? In den wenigen Jahren, seitdem sie die Heimatstadt verließ, hatte sich ihre Welt vollkommen gewandelt. Einst hatte sie ihre Vaterstadt geliebt wie ein unersetzliches Kleinod, die behäbigen, würdevollen Häuser, die alten Kirchen mit ihren stolzen Türmen, die engen Straßen mit ihren Arkaden, den Stadtpark mit seinem Blumenreichtum und den alten Brunnen, die verfallene Stadtmauer mit den mittelalterlichen Wehrgängen. Und heute saß sie auf der Kante einer einfachen Bettstelle, umhüllt von einer fast unwirklichen Stille und Einsamkeit. Wo war das alles hingekommen, was sie einst geliebt hatte und ohne das sie nicht leben zu können glaubte? Eine neue Welt umgab sie, und ganz andere Menschen waren in ihren Lebenskreis getreten.

Was war aus ihr geworden? Eine Melodie fiel ihr ein — ein Marienlied, das einmal ihr Lieblingslied gewesen war. Ihr Bruder hatte sie oft auf dem Klavier begleitet, wenn sie es sang. Ob Hans Mohr das Lied auch kannte?

Wie lange hatte sie nicht mehr gesungen?

Über den Hof fiel ein heller Lichtstreifen; er kam aus dem Fenster der Stube, in der Frohlander saß. Was tat er jetzt noch? Warum ging er nicht schlafen? Fand er keine Ruhe? Zählte er die Tage, die sie noch beisammen sein würden?

Sie hatte ihn heute „Vater" genannt. Dieses Wort war plötzlich aus ihr aufgestiegen, als sie ihn in so tiefer Gefühlsbewegung vor sich stehen sah. Und wirklich, er war ihr Vater geworden; trotz aller seiner Eigentümlichkeit, seiner Härte und Rauheit liebte sie ihn wie einen Vater.

In wenigen Tagen würde sie ihre Hand in die eines anderen Mannes legen, und der Priester würde die Stola darüberbreiten und den Segen sprechen.

Das war die Welt, die sie lieben gelernt hatte, und alles, was einst gewesen war, mußte versinken wie ein ferner Traum.

Wenn es im Moor eine Hochzeit gab, dann wurde die Braut durch einen festlichen Zug eingeholt und zur Kirche geleitet. Zunächst kamen Burschen und Mädchen zum Haus der Braut, mit geschmückten Hüten und dem Myrtenzweig an der Brust. Sie empfingen die Braut mit einem heiteren Spruch und begannen mit ihr den Gang zur Kirche.

Später gesellten sich aus allen Seitenwegen noch die älteren Bewohner hinzu, und bis der Zug die Kirche erreichte, war er groß und stattlich geworden.

Ebenso wurde der Bräutigam von einer Gruppe junger Menschen auf den Weg gebracht. Noch bevor der Brautzug die Kirche erreichte, kam ihm bereits der Bräutigamszug entgegen.

Auch als Josefa Joas zum Traualtar ging, entwickelte sich alles der Sitte gemäß. Sie war vorher von Frohlander und Hans Mohr darüber belehrt worden, so daß sie genau wußte, wie sie sich zu benehmen hatte.

Es war ein schöner, sonniger Tag. Über dem Moor lag ein Singen und Raunen, als Josi über den Strupp herab zu der Kirche wanderte, von deren Turm die Glocken läuteten.

Sie wurde von den Leuten des Frohlander-Hauses und des Riedhofes begleitet. Monika hatte sich des Jungen angenommen, der zum erstenmal an einem Fest teilnehmen durfte. Neben der Braut ging Martin; ihnen folgte Matthias Frohlander mit dem Riedhofer, und dann schloß sich der malerische Zug der Burschen und Mädchen an.

Josi horchte frohen Mutes auf die heiteren Worte, die ringsum gesprochen wurden. Sie schaute über das Moor mit seinen mannigfachen Farben und seiner herben Eigentümlichkeit. Wie konnte es nur geschehen, daß von heute an dieses karge Land für immer ihre geliebte Heimat werden sollte?

Als sie am Wirtshaus vorbeikamen, stand die Jul am Weg und lächelte Josi freundlich entgegen. Auch sie war für den Kirchgang gekleidet und schloß sich dem Brautzug an.

Am Wirtshaus waren Tür und Fenster geschlossen; offenbar war Marzell noch nicht heimgekehrt. Aber sicherlich würde er bald kommen, das hatte ihr das Gesicht der Jul verraten.

Da kamen ihnen die Schulkinder entgegen, und mitten unter ihnen ging Hans Mohr, der Lehrer vom Graben, Hans Mohr, der sonnengebräunte Angler vom Moorbach, ihr geliebter Gefährte, dem sie schon am ersten Tage ihrer Flucht ins Moor begegnet war.

Lachend kam er heran. Er trug heut einen ungewohnten Anzug aus dunklem Tuch von städtischem Schnitt. Aber sein fast kastanienbraunes Gesicht war noch das alte, und in seinen Augen spiegelte sich die Freude über diese kleine, geliebte Welt, in der er wirkte.

Jetzt hörte man auch das Läuten der Glocken von der Kirche herüber.

Hans Mohr bot seiner Braut den Arm.

„Ich hab noch eine große Überraschung für dich. Josi", sagte Hans Mohr.

Sie schaute ihn erwartungsvoll an.

„Was denn?"

„Bitte, nicht neugierig sein!" erwiderte er fröhlich. „Sonst würde ich dir ja die Freude im voraus verraten."

„Weißt du denn, daß es für mich eine Freude bedeuten wird?" fragte sie lachend.

„Ja, das weiß ich ganz bestimmt."

Vor der Kirche parkten zwei große Wagen.

„Die Überraschung hängt wohl mit diesen Autos hier zusammen?" fragte sie und musterte neugierig die Fahrzeuge.

„Vielleicht . . ."

„Wenn du etwa die Herrschaften von Schloß Kronberg meinst, dann muß ich dich allerdings enttäuschen, denn ihre Teilnahme an unserer Hochzeit ist für mich keine Überraschung; ich habe Herrn Clausen im Moor getroffen, und da hat er mir sein Kommen zugesagt."

Er lachte nur.

„Du sollst jetzt nicht raten, Josi!"

Als Josi nun an der Seite ihres Bräutigams langsam durch den Mittelgang zum Altar ging, erklang von der Empore Orgelspiel.

Das war die zweite Überraschung. Wer mochte wohl die Orgel spielen? Es war ein meisterhaftes Spiel, das den Könner verriet. Vielleicht hatte Hans Mohr einen Kollegen aus Vierlinden dazu bestellt?

Und schließlich stand Josi vor dem Altar. Mit frischer Stimme sprach sie ihr „Ja".

Und dann erklang wieder die Orgel. Jetzt kam für Josi die dritte Überraschung. Schon nach den ersten Takten hob sie fast erschrocken den Kopf, und dann lauschte sie auf die vertraute Weise, die in ihr tausend Erinnerungen aus ihrer Jugendzeit wachrief.

Was sie hörte, war jenes Marienlied, das einmal ihr Lieblingslied gewesen war.

Woher hatte Hans Mohr erfahren, daß sie dieses Lied so sehr geliebt hatte? Sie konnte sich nicht erinnern, jemals davon gesprochen zu haben. Es war doch nicht anzunehmen, daß er aus Zufall gerade diese Melodie zu ihrem Hochzeitslied erwählt hatte. Denn es war nur eine einfache, volkstümliche Weise, aber sie umfaßte ihr ganzes jugendliches Erleben in der Freude, in der Not ihres Herzens; sie war zum Inbegriff ihrer mädchenhaften Gefühle und Träume geworden.

Woher hatte Hans Mohr das erfahren? Hatte er so tief in sie hineingelauscht, daß ihm nichts verborgen blieb?

Sie wandte dem Manne, der still neben ihr am Betstuhl kniete, das Gesicht zu, und ihre Blicke begegneten sich. Sie fragte stumm, und er schien ihr auch etwas zu antworten, aber sie verstand ihn nicht.

Mit einem glücklichen Lächeln dankte sie ihm.

Unterdessen verklang auf der kleinen Empore das Lied, und die Orgel begann ein festliches Nachspiel.

Der Priester segnete noch einmal das neugetraute Paar.

Als sie die Kirche verließen, streckten ihnen zunächst Herr und Frau Clausen vom Schloß Kronberg glückwünschend die Hände entgegen und sie sagten ein paar herzliche Worte.

Da sah Josi weiter hinten Matthias Frohlander stehen. Auch er schien ihr etwas sagen zu wollen, aber offenbar wagte er sich nicht heran. Sie lief sofort auf ihn zu.

Wie hart und rauh fühlte sich diese Hand an! Sein Gesicht war seltsam bewegt, und seine Augen schimmerten feucht unter den buschigen Brauen. Erst nach einer Weile gelang es ihm, ein paar Worte hervorzubringen:

„Du kommst heut doch noch einmal heim, nicht wahr?"

„Ja, ich komme. Wir werden jetzt ein wenig feiern. Am Nachmittag hole ich dann das Kind."

Er nickte und trat dann zurück, denn jetzt führte Monika den kleinen Josef zu Josi. Sie drückte den Jungen an ihr Herz und gab ihn dann der Monika zurück, damit sie ihn nach Hause brachte.

Wie durch einen Schleier sah Josi nun die Leute vom Grünland mit den Riedhofern davongehen, denn Tränen brachen aus ihren Augen hervor.

Ein Motor heulte auf. Einer der beiden Wagen fuhr jetzt davon. Aus dem Fenster winkte eine Hand zum Abschied; es waren die Besitzer von Kronberg, die zum Schloß zurückfuhren.

Wem aber gehörte der zweite Wagen?

Josi kam nicht mehr dazu, darüber nachzudenken, denn jetzt stand auf einmal ein Mann vor ihr.

„Richard!" rief sie in freudigem Erschrecken.

„Meine kleine Josi!" sagte er mit bewegter Stimme.

Erschüttert sank sie dem Bruder in die Arme. Er hielt sie fest und strich ihr liebkosend über den Scheitel.

„Du bist hier im Moor? Hier bei mir?" sagte sie, immer noch fassungslos. „Hast du denn gewußt, wo ich bin?"

„Ich hab alles gewußt", antwortete er. „Glaubst du denn, ich hätte dich einfach so dem Schicksal überlassen, ohne mich um dich zu kümmern? Wie töricht du bist, Josi. Bin ich denn nicht dein Bruder, der dem Vater versprochen hat, auf dich zu achten und dir zu helfen, wann immer du Hilfe brauchst?"

„Richard! Was habe ich dir angetan! Und du bist so gut zu mir!"

„Du hast in deiner Not einen eigenen Weg gesucht; darum bist du von mir gegangen. Und du hast mit wunderbarer Kraft durchgehalten. Laß nur, darüber wollen wir jetzt nicht reden. Wenn du damals nicht gewagt hast, mir dein Geheimnis anzuvertrauen, dann war das meine Schuld. Vielleicht war ich zu streng, zu verschlossen, zu stolz. Aber ich hab mich immer um dich gekümmert. Ich wußte genau, was du tatest und wie es dir erging. Denn ich hatte eine sehr gute Verbindung zu dir hier im Moor. Hans Mohr ist mein Freund."

Das also war die Überraschung!

Josi schaute zu dem Mann mit dem sonnengebräunten Gesicht hinüber, der bescheiden abseits stand, um die Aussprache zwischen Bruder und Schwester nicht zu stören.

Jetzt begriff sie erst richtig, wie wunderbar sich doch alles für sie gefügt hatte. Dadurch, daß Hans Mohr mit ihrem Bruder befreundet war, konnte es geschehen, daß Richard zu diesem Tag aus der Stadt herbeieilte, um in der weltabgeschiedenen Moorkirche für sie die Orgel zu spielen — und das Lieblingslied ihrer Jugend.

Warum war sie nicht gleich darauf gekommen? Freilich war bei den ersten Takten eine Ahnung in ihr aufgestiegen, aber sie hatte nicht daran glauben wollen, daß es der Bruder war, der dort spielte.

„O Richard! Wie glücklich bin ich geworden!" sagte sie und winkte ihrem Mann zu, damit er herankäme.

Dann gingen sie ins Schulhaus und traten in das helle, freundliche Wohnzimmer, wo bereits der Tisch gedeckt war.

Bei diesem kleinen Festmahl feierten diese drei Menschen den Tag der Hochzeit. Josi fragte den Bruder nach allen Neuigkeiten in der Stadt; sie wollte von ihm hören, was aus diesem und jenem lieben Menschen geworden war, und sie tauschten alte Erinnerungen aus.

Später wanderten sie gemeinsam zum Grünland.

„Hier hab ich gelebt!" sagte Josi zu ihrem Bruder, als sie zum Frohlander-Gehöft kamen. „Und das ist mein

Freund und Beschützer", erklärte sie und streichelte die Tigerdogge, die ihnen freudig entgegengelaufen kam.

Da ging die Haustür auf. Im Eingang stand Matthias Frohlander. Er trug noch denselben Anzug wie heute früh beim Kirchgang. Auch in seinem Haus wurde gefeiert und keine Arbeit getan — und außerdem hatte er ja auf sie gewartet.

Jetzt, als die Gäste endlich da waren, versagte ihm die Stimme. Beim Anblick dieser festlich gekleideten Menschen wurde er sich seiner eigenen rauhen Schlichtheit erst richtig bewußt. Aber Josi hängte sich wie ein Kind an seinem Arm, und er führte die Gäste in die Wohnstube.

Es war Abend geworden, als sie zum Schulhaus zurückkehrten. Josi führte ihr Kind an der Hand und dachte an den bewegten Abschied, den sie vom Haus des Gärtners genommen hatte.

Nero blieb noch auf dem Gehöft zurück, bis für ihn im Schulhaus ein Platz geschaffen sein würde.

Richard drängte nun zur Heimfahrt, damit er noch die Bundesstraße erreichen konnte, ehe die Nacht hereinbrach.

Josi und Hans sahen dem davonfahrenden Auto nach, das in der Weite des Moores verschwand, von einer Staubwolke begleitet.

In den Erlen schrien die Fasanen.

„Hörst du, was sie rufen?" fragte Hans Mohr und nahm seine junge Frau bei der Hand. „Sie wünschen uns eine gute Nacht. Sie sitzen jeden Abend im kleinen Hain gleich da drüben, und sie werden uns auch aufwecken — zu einem neuen und schönen Morgen."

Er küßte sie. Dann nahm er den kleinen Josef auf seine Schulter, und sie gingen in das Schulhaus hinein.